MW00976982

EL IMPERIO
DE LA LUNA

Mauricio Flores Figueroa

EL IMPERIO
DE LA LUNA

PRIMERA EDICIÓN

Agosto 2019

Editado por Aguja Literaria

Valdepeñas 752

Las Condes - Santiago de Chile

Fono fijo: 56 - 227896753

E-Mail: contacto@agujaliteraria.com

www.agujaliteraria.com

Página Facebook: Aguja Literaria

ISBN

9781089196488

Nº INSCRIPCIÓN:

306.971

TAPAS:

Imagen de Portada: Eduardo Valdez

Diseño de Tapas: Josefina Gaete Silva

"GRACIAS A LA VIDA QUE ME HA DADO TANTO
ME DIO DOS LUCEROS, QUE CUANDO LOS ABRO
PERFECTO DISTINGO LO NEGRO DEL BLANCO
Y EN EL ALTO CIELO SU FONDO ESTRELLADO".

VIOLETA PARRA

ÍNDICE

Capítulo I

Apenas despertó, la presencia hundió el centro de su pecho. Una serpiente se enroscaba sobre sí misma, silente, entregada al vaivén de su respiración. La mujer contuvo el aire a medio camino, no se atrevió a soltarlo. Su consciencia flotaba en un punto difuso entre el sueño y la vigilia, desconfiaba de su motricidad. Además, temía mover al reptil o despertarlo con los latidos cada vez más acelerados de su corazón. Debía espantarlo con un movimiento breve, preciso, sin titubeos. Levantó su brazo, pero este no reaccionó. Repitió la orden sin prestarle mayor importancia, pero cuando no lo logró la tercera, cuarta o quinta vez, comenzó a inquietarse. «¿Qué me está pasando?». Sus ojos reconocían la penumbra, un techo de piedra y, a lo lejos, escuchaba aullidos estremecedores. A pesar de esto, su cuerpo no obedecía, como si estuviera congelado. El pánico se fragmentó en un sinfín de dudas. «¿Fui envenenada? ¿En dónde estoy? ¿Cómo llegué aquí? ¿Cuál es mi nombre?». Por básica que fuera, cada pregunta conducía a un callejón sin salida: «No lo sé». Escudriñó los recodos de su mente, pero fue incapaz de aferrarse a una sílaba de referencia. Estaba vacía.

«¿Así se siente morir?», pensó.

Sus brazos se aligeraron de forma casi imperceptible, una chispa de esperanza se disparó en su interior. «Muévete… muévete…», repitió como un mantra, dirigiéndose a su índice izquierdo. Primero sintió presión en los tendones, una suerte de electricidad; luego un espasmo leve y, finalmente, un movimiento fluido. Continuó con los dedos adyacentes, tan rígidos como el resto del cuerpo. De súbito, aspiró una bocanada de aire tan voluminosa que su espalda dibujó un arco violento. Un segundo más tarde se desplomó sobre la cama. Aun así, la sensación de hundimiento persistía. Al llevarse las manos al pecho, no tocó escamas ni percibió otro signo del reptil. «Solo lo imaginé», pensó, suspirando.

La mujer se levantó y contempló las paredes de piedra. Todo cuanto la rodeaba le devolvía información nueva. Había despertado sobre un colchón relleno de paja, en una cama hecha de hierro. A su izquierda, a través de una ventana en forma de arco, entraba una brisa fría. En esa misma dirección, distinguió la silueta de una alfombra desvaída; a la derecha, una puerta de madera tachonada. «¿Estoy soñando?». Sobre el dorso de su mano realizó la prueba infalible del pellizco. «No», fue la respuesta provocada por el dolor.

Sobre una de las paredes colgaba lo que le pareció una pintura polvorienta. Retrataba a una joven de contextura fornida, ataviada con pantalones grises, chaqueta y zapatos negros. Tenía rostro ovalado, tez clara, cabello negro y corto. Cuando la mujer pintada ladeó la cabeza al mismo tiempo que ella, se dio cuenta de que era en realidad un espejo. Se acercó a él con una curiosidad insólita y lo descolgó. Quedó aturdida con cada uno de sus detalles. Sus ojos verdes estaban rodeados de pestañas espesas, su nariz era pequeña y puntiaguda, mientras en su pómulo derecho destacaba una cicatriz circular. «¿Quién soy?», se preguntó consternada.

Las dudas, más que disminuir, aumentaron.

Necesitaba saber en dónde se encontraba, abrazar al menos una certeza en la oscuridad. Se asomó a través de la ventana y el paisaje la sobrecogió. Las estrellas parpadeaban como velas celestiales; eran tantas que teñían de violeta el fondo oscuro. La luz tenue de la luna bañaba un bosque interminable que se perdía en el horizonte. El viento, al pasar entre las copas, transmitía un rumor casi inaudible.

La mujer caminó hacia la puerta de la habitación. La aldaba se unía a la madera gracias a una figura de hierro: un sol de ocho puntas, dotado de ojos y una boca que mordía la argolla. Tiró de ella, la puerta se destrabó de golpe y se estancó en la alfombra con la misma rapidez. Debió moverla con ambas manos para terminar de abrirla. Al otro lado, una escalera de caracol descendía hacia un territorio absorbido por la oscuridad. Se guio con la palma de la mano apoyada en la pared y bajó cada escalón asegurándose de afianzar ambos pies. A medida que avanzaba, veía menos. El silencio solo era interrumpido por aullidos intermitentes.

Al final de la escalera, una luz tenue se filtraba por una ventana cuadrada, perfilando una alacena vacía, polvorienta en cada uno de sus compartimientos, y una chimenea que sobresalía del muro de piedra. A un lado se apilaban leños amarillos y blancos de formas extravagantes. En el fondo de la habitación brilló un objeto redondo. «Otro sol», pensó.

La mujer caminó hasta la puerta, la tiró y cruzó al exterior. Una atalaya estrecha, cilíndrica y de apariencia vetusta se alzaba tras de sí. Entre la ventana del segundo nivel y la puerta abierta del primero, el sol de ocho rayos se repetía, dibujado sobre la piedra. La noche brillaba en una escala de violetas. Incontables árboles se mecían a la voluntad de un viento suave. Sus ramas, retorcidas en formas insólitas, nacían de troncos amarillentos, mientras sus raíces, verdaderos entramados de serpientes blancas y gordas, horadaban

13

un fértil colchón de conos secos y hojas caídas. Una familia de grillos emitía un canto intermitente. Se respiraba frío, tierra, humedad, vida.

Desde la puerta de la atalaya se extendía un sendero de tierra gris. «Debe llevar a algún sitio», pensó mirando cómo se perdía en el espesor de los árboles. Esperaba encontrar a alguien que la reconociera, la llamara por su nombre y le ayudara a conectarse con sus recuerdos. Al menos, alguna señal de vida.

Caminó.

Los pinos se hicieron cada vez más abundantes. El pasto crecía a la altura de sus rodillas, los arbustos espinosos se fundían unos con otros. El sendero tomó una pendiente pedregosa en una zona donde los pinos acaparaban gran mayoría de la luz lunar. La mujer pisó con fuerza para asegurarse de la solidez del terreno. Escuchó un movimiento repentino, un crujido de la madera rasgando el manto del silencio. Su corazón saltó y su cuerpo entró en alerta. Cuando lo advirtió, tenía los puños en alto.

Alzó la mirada y un arbusto lejano se agitó en intervalos sospechosos. «¿Quién anda ahí?», se preguntó. Al momento siguiente, un lobo gris salió de su escondite. Sus ojos siniestros brillaban en la oscuridad, las fauces rezumaban hilos de saliva. Gruñó con el lomo erizado en posición de ataque, listo para saltar y devorarla. El lobo se impulsó con las patas traseras y se abalanzó sobre ella.

La mujer calculó su llegada de forma instintiva. Cuando estuvo dentro de su campo de acción, desplazó el peso a la pierna derecha y alzó la izquierda. Tras un crujido, la patada, certera, desencajó la mandíbula del animal y tiñó su saliva de carmesí. El lobo rodó por la pendiente hasta estrellarse contra un árbol. Tras levantarse, miró hacia ella fugazmente antes de alejarse hacia los arbustos rengueando. Ella, sin pensarlo dos veces, huyó en dirección a la atalaya, el único refugio que conocía. Intentó cerrar la puerta, pero estaba tan pesada que no logró levantarla o moverla. Afuera, el silencio de los grillos fue acallado de pronto por un lamento estremecedor, cuyo sonido cerró como un puño el corazón de la mujer. Un par de segundos después, aparecieron dos lobos grises frente al umbral abierto de la atalaya. Sus hocicos exhalaban vapor, sus ojos brillaban como joyas y tenían las patas manchadas de barro.

La mujer reconoció al lobo de la derecha por la sangre alrededor de su hocico. Recorrió la estancia con la mirada, buscando algún objeto alargado que compensara la desventaja. Sin perderlos de vista, cogió el trozo de madera más largo de la pila de leña. «¿Así moriré?».

Los lobos cruzaron el umbral con determinación bestial y se estrellaron de cabeza contra una fuerza misteriosa, similar a una puerta invisible que los rechazó. Sus patas, torpes como las de un cervatillo recién nacido, intentaron amortiguar el impacto, pero ambos cayeron de costado. Se levantaron sin perder la temeridad, espabilaron agitando sus cabezas y se lanzaron otra vez. La puerta invisible los expulsó con un sonido seco. Tanto la mujer como los lobos estaban confundidos. El primero de los animales se incorporó, olisqueó el umbral con su nariz ensangrentada, acercó su pata y palpó la barrera. Como arañarla no la derribaba, comenzó a cavar. A medida que el agujero ganó profundidad, excavó con zarpazos más enérgicos. La polvareda flotante se hizo más densa, la mujer no pudo evitar toser. Sin embargo, bajo esa capa, la fuerza invisible se prolongaba como raíces indestructibles. Por mucho que el lobo arañó, la barrera permaneció estoica. Después de tanto insistir, miró a través del umbral y se alejó con el rabo entre las patas. Su acompañante le imitó.

Recién cuando los perdió de vista, la mujer respiró con normalidad. Su cuerpo entero se liberó de un peso mayúsculo. Se sintió tan liviana que su vista se nubló y sus músculos se adormecieron. Ayudándose con el garrote improvisado, se sentó en el suelo. Necesitaba cerrar los ojos y concentrarse en estar despierta. Se extendió en el piso como si se tratara de una cama gélida, y permaneció ahí durante largos segundos, hasta que la vitalidad, poco a poco, volvió a su cuerpo. Más repuesta, se levantó y caminó hacia el umbral acercando la mano lentamente, esperaba toparse con la puerta invisible. «Como la serpiente», pensó al darse cuenta de que había desaparecido.

Su estómago vibró desde el interior. Hasta ese momento no había sentido hambre, lo cual le causó extrañeza. Buscó algo comestible entre los cajones de la alacena y, sin tener éxito, subió los escalones para revisar una por una las gavetas de una mesa de noche. Estaba arrodillada abriendo el último compartimento, cuando el hambre desapareció sin aviso previo.

«Igual que la puerta invisible», se dijo.

El frío, en cambio, se hizo más intenso. Tras absorber el aire del bosque y acostarse sobre la piedra, su cuerpo comenzó a tiritar. Además, las ventanas impedían que el calor se mantuviera dentro. Necesitaba hacer fuego, de modo que se hincó enfrente de la chimenea y escarbó. Bajo las leñas contundentes encontró algunos palos más pequeños, intactos. Los apartó del nido de ceniza y siguió buscando. Antes, sin embargo, necesitaba encontrar alguna fuente de calor para encender fuego. Se incorporó, caminó hasta la alacena y registró las gavetas una vez más. «Nadie ha estado aquí en mucho tiempo», concluyó. Revisó el estado de los leños; si bien sus colores despertaban desconfianza, estaban secos. Era imprescindible, no obstante, la fuente de calor. Una idea se le vino a la cabeza: tal vez, si frotaba dos ramas, la fricción aumentaría a un grado tal que generaría una llama. Apartó la ceniza de la chimenea y creó un lecho de palos secos, luego sacó el más recto para estrecharlo entre sus manos y comenzó a frotar. El proceso tardaba más de lo que esperaba; sus brazos se cansaron, las palmas le dolían debido a la aspereza de la madera. Y para colmo, no había rastro de estar funcionando. Lo único que consiguió fue un olor fugaz a humo y una mancha negra sobre una de las ramas. Mientras frotaba, intentaba pensar en un mejor método capaz de crear calor.

Una fina línea de humo entró por su nariz. La mujer frotó con mayor intensidad, dejando en segundo plano la molestia en los hombros o la integridad de sus palmas; de pronto, una llama débil apareció. Se detuvo a contemplar su logro, no quería estropearlo. Acercó una segunda rama con cuidado y el fuego la contagió. Agregó más trozos de madera, procurando no ahogar la llama, pero se dio cuenta de que no funcionaba. El fuego seguía palpitando, pero el palo tardaba en quemarse. Si no conseguía algo que prendiera fácilmente, estaba perdida. «¡Eso es!». Subió las escaleras lo más rápido que le permitió la oscuridad, entró a la habitación y se dirigió a la cama. Introdujo un dedo en un agujero del colchón y rasgó la tela. Arrancó un puñado de paja de su interior, bajó, mezcló las ramas con las briznas y las añadió a la llama. El fuego se avivó al consumir la paja y se mantuvo fuerte gracias a los trozos de madera más gruesos. Cuando estuvo consolidado, acudió a la pila de leña.

Se sentó frente a la chimenea y acercó las manos. El frío se evaporó paulatinamente, las llamas bailaban a un ritmo hipnotizante. «No quiero salir de aquí», pensó con los ojos entrecerrados, entregándose a la calidez.

De pronto, una voz infantil la sacó de su trance.

—¡Una humana!

La mujer miró el lugar de izquierda a derecha, y al advertir que el fuego tenía facciones, se sobresaltó. Si bien las llamas no paraban de oscilar, en las zonas más amarillas distinguió ojos, mientras en el núcleo se topó con una suerte de boca. No recordaba que el fuego tuviese la capacidad de hablar, pero sus conjeturas tampoco eran confiables. Ante la duda, prefirió mantenerse abierta a la incertidumbre.

—¿Qué haces en el Imperio de la Luna? —preguntó el fuego.

«¿El Imperio de la Luna?». Más que de reproche, la pregunta estaba cargada de curiosidad.

—¿Por qué me lo preguntas? —respondió ella, para zafar.

—Los humanos no pueden cruzar la frontera, pero aquí estás. ¡Es increíble! ¿Cómo llegaste hasta el Bosque de Lobos sin ser vista? ¿Eres una espía? Cuéntamelo todo.

La mujer calló. No sabía cómo responder a tantas referencias. «¿Quién piensa que soy?». El fuego, comprendiendo la parquedad de su discurso, abrió sus llamas oculares.

—Habla con confianza. No puedo involucrarme en asuntos de guerra. —Ante el prolongado e incómodo silencio que siguió, dijo—: ¿Puedes, por lo menos, decirme tu nombre?

—De hecho, no puedo.

—¿Por qué?

—No lo recuerdo.

—¿Cómo que no lo recuerdas?

—Desperté en este lugar sin recordar mi pasado. No sé qué es el Imperio de la Luna o el Bosque de Lobos; por el tono que estás usando parece que debería saberlo, pero la verdad es que no recuerdo mi nombre. ¿Podrías explicarme qué está sucediendo? ¿Quién eres tú?

El fuego esbozó una amplia sonrisa. Al parecer, esperaba esa pregunta.

—¡Soy Ignis! El espíritu gallardo de esta atalaya —dijo con aires pomposos.

—¿Qué significa eso?

—Soy como su alma. Nací al mismo tiempo que la atalaya, mi existencia permite a las piedras mantenerse en su sitio.

—¿Eres como un pegamento?

—¡Sí!

De pronto, la mujer escuchó un aullido lejano, pero lo ignoró.

—Hace un instante dijiste algo sobre una guerra.

—Sí. La Guerra Astral.

—¿Me podrías contar sobre ella?

—¿Algo así como una historia? —preguntó, quizá demasiado entusiasmado para una pregunta tan trivial.

—Sí, por favor.

—¡De acuerdo!

Ignis rebosaba energía. La mujer se preguntó si todos los espíritus eran así de alegres.

—En el universo existen muchas, muchas criaturas: cometas, asteroides, estrellas, planetas, satélites. Son tantas que desde nuestra posición jamás las conoceremos. Las más importantes son el Sol y la Luna, forjadores del imperio. Antes de eso, la existencia de un lugar donde conviviera un satélite y una estrella era impensada.

—¿Por qué?

—Son razas enemigas. Mi humana decía que estrellas y satélites luchaban constantemente para obtener el poder de la luz. Por eso, el imperio era símbolo de la alianza. Hasta que un día el Sol y la Luna se enemistaron. El cielo cambiaba de color. Era de día y de repente se oscurecía, luego volvía a aclarar; luego oscurecía y aclaraba una y otra vez. El equilibrio se había roto. Mi humana me contó que muchas atalayas se derrumbaron, comunidades de plantas se marchitaron y los árboles dejaron de dar frutos. Los sobrevivientes luchaban a muerte para conseguir alimento, el mundo se caía a pedazos. Mi humana temía no volver a verme durante el próximo invierno. Podía atacarla un depredador, o que yo me derrumbara en el sueño. —Su tono de voz perdió alegría.

—¿Qué pasó después?

—No volví a verla. La última vez que fui invocado, un hombre me dijo que la guerra, después de cien años, había terminado. Los humanos y los animales hicieron las paces, escalaron la montaña más alta del imperio y alzaron sus voces al cielo, para que el Sol y la Luna atendieran el llamado. Los astros vieron los estragos de la guerra celestial en el plano terrenal. Entonces, decidieron seguir sus consejos y dividir el territorio en dos, tomando como referencia la montaña. Así nacieron dos imperios: uno hacia el este, donde viven el Sol y sus hijos humanos, y nosotros, que estamos del otro lado.

La mujer quedó muda de la impresión. Si bien comprendía las palabras del fuego, nada le sonó familiar.

—¿Por qué te mantienes neutral, si la guerra acabó?

—Por si las dudas. Las atalayas somos distintas a los demás seres vivos: solo soy consciente del tiempo mientras estoy ardiendo. No sé, por ejemplo, hace cuánto tiempo se dio la conversación entre ese humano y yo. Quizá fue hace diez años, hace cien o mil… No quiero ser malo, pero tú no deberías estar de este lado.

Antes de ese momento, la mujer no había cuestionado la filosofía de vida que profesaba antes de perder la memoria. Si el mundo era tal y como narraba Ignis, entonces debía asumir que portaba malas intenciones. Sabía levantar los puños, asir un arma y propinar veloces golpes cuando intuía peligro. Comenzó a preguntarse quién era en verdad, qué la había impulsado a emprender un viaje hasta ahí.

—¿Será que el Sol te envió a tantear terreno? Tu cuerpo parece de guerrera.

—Es una posibilidad…

A lo lejos, se escuchó un lamento canino.

—Dijiste que estábamos en el Bosque de Lobos, ¿verdad?

—Sí, ¿por qué?

La mujer narró el incidente con los lobos grises, desde la aparición del primero hasta que la fuerza misteriosa les cortó el paso.

—Se llama puerta etérea —dijo Ignis—, todas las atalayas las tenemos. Impide que las bestias entren y hagan estragos.

—¿Por qué me dejó entrar?

—Somos construcciones humanas. La puerta etérea solo permite la entrada de seres solares, como tú.

—Entiendo.

—De verdad no conoces nada sobre el imperio. ¡Es increíble!

—Lo sé. Creo que lo mejor será volver al Imperio del Sol. Es mi hogar, aunque no lo recuerde. Necesitaré de tu ayuda.

—¿La mía?

—Por supuesto. Todo cuanto sé me lo has dicho tú.

—Te ayudaré con una condición.

—¿Cuál?

—Aliméntame. Estoy perdiendo fuerzas.

La mujer estiró el brazo, cogió uno de los leños ubicados a su derecha, lo metió en la chimenea e Ignis se inflamó hasta crecer el doble de alto. Una de sus llamas adoptó forma de mano y corrigió la posición de los leños.

—Necesito que te pongas en mi lugar. Si estuvieras en medio del Bosque de Lobos y quisieras llegar sano y salvo hasta el Imperio del Sol, ¿qué deberías hacer?

—Lo primero sería esperar que la luna llena comenzara a menguar. Cuando la luz disminuye, las bestias del imperio se vuelven inactivas. Será menos probable que te topes con manadas. Desde ahí, seguiría el camino. Tienes que ir en dirección este, siempre hacia el este, hasta llegar a las montañas. Del otro lado, está el Imperio del Sol.

La mujer recordó haber visto las montañas y afirmó con la cabeza.

—Deberás ser rápida. Mientras más tiempo pases aquí, más peligro corres. Si algún animal te ve y avisa a la Luna, estarás perdida. Ocúltate entre los árboles y arbustos, aprovecha la oscuridad. Lo demás correrá por tu cuenta.

La mujer al fin abrazaba un objetivo definido. Si bien no recordaba a sus seres queridos, tenía claro que los hallaría en el Imperio del Sol. Allí, todos juntos, armarían el rompecabezas de su vida.

—Muchas gracias, Ignis. No sé cómo pagarte tanta ayuda.

—De hecho, tengo una petición. Me gustaría que, cuando llegues, busques a una humana llamada Camela; fue expropiada a territorios solares en los tiempos de la guerra. ¿Puedes decirle que Ignis todavía la recuerda?

—Dalo por hecho —dijo, con una sonrisa afectuosa.

Capítulo II

El tiempo pasó y el día no se anunciaba, así que la mujer comenzó a preocuparse.

—Producto de la guerra, siempre es de noche —le había contado Ignis en tono melancólico—. Antes, la vida era bastante distinta. Podías deleitarte con el canto de los gorriones, temperarte con los rayos del sol, incluso oler el polen de las flores. Ahora solo encuentras bestias iguales a las que intentaron atacarte, y vegetación que tomó formas y colores muy extraños para adaptarse a la oscuridad. Al menos, estos leños blancos combustionan tan bien como otros.

En distintas ocasiones, se dio cuenta de que el hambre se esfumaba con la misma rapidez en que aparecía. Su estómago gruñía durante unos minutos y luego cesaba. Si bien había sucedido tras el ataque de los lobos grises, no le dio la relevancia que, a su parecer, guardaba.

—Eso sí que no lo había escuchado antes —le dijo el fuego—. En la época de la Guerra Astral, cuando todos luchaban por los últimos frutos saludables, imagino que debió ser una cualidad envidiable…

A falta de día, la mujer decidió medir el tiempo según las veces que dormía. Sus noches transcurrían arrojando leños a la chimenea y conversando con Ignis. Le parecía un ser divertido, no se molestaba ante la necesidad de contarle detalles sobre los paisajes del imperio; además, tampoco paraba de hablar. Y ella, por su parte, estaba dispuesta a escucharlo.

Por la misma razón, cuando en la cuarta noche flotó una luna menguante sobre el cielo estrellado, sintió pena. No quería separarse de Ignis, a esas alturas lo consideraba un amigo. Se había preocupado por ella y solucionaba cuanta duda se le ocurría. Sin embargo, su memoria no volvería si se quedaba en la atalaya, alejada de quienes la conocían y aguardaban su llegada.

—El momento ha llegado, Ignis. Me voy. Agradezco que me hayas acompañado durante este tiempo. No sé qué habría hecho sin tu ayuda.

—De nada, humana. Fue un placer charlar con alguien. Si alguna vez los imperios se unifican, ven a visitarme. Espero que, para ese entonces, sepas cómo te llamas.

Ambos rieron antes de mirarse con afectuosa solemnidad.

—Buena suerte, humana.

—Adiós, Ignis.

Antes de marcharse, introdujo en la chimenea los leños restantes de la pila, para que Ignis se mantuviera encendido. De todos, reservó el más largo y recto. «Tarde o temprano lo usaré».

La noche dormía, el silencio era tal que ni los grillos cantaban. La luz de la luna se quedaba atrapada entre las copas de los árboles, mientras la brisa llevaba consigo un olor de humedad y pino. La mujer avanzó por el sendero tranquilamente, procurando no provocar ruidos que despertaran a las bestias. No tenía intenciones de convertirse en la cena.

Luego de caminar durante algunos minutos, el bosque dio paso a ralos arbustos. La luz de la noche se reflejaba diáfana sobre el pasto de una llanura tan extensa como el cosmos. Al fondo, hacia el este, distinguió las montañas lejanas, negras como sombras triangulares, casi invisibles. El campo abierto le infundió seguridad, respiró más tranquila y avanzó a un ritmo resuelto.

Más adelante, siguiendo la ruta demarcada, atisbó dos atalayas de piedra, tan altas como delgadas. Entre las tupidas plantas de musgo, se adivinaba un sol de ocho puntas dibujado en cada una de las puertas. Parecían abandonadas. «¿Cómo sobrevivieron a la Guerra Astral?»; pensaba en ello, cuando oyó a sus espaldas el trote veloz de un cuadrúpedo. Supo al instante que se trataba de un lobo. Le permitió acercarse lo suficiente para que la creyera inadvertida; luego, giró su cuerpo en el último segundo, al percibir sus jadeos, y le reventó la mandíbula con un golpe de rama. Era un lobo de complexión fornida. Su pelaje era negro desde las orejas hasta la cola, pero tenía una mancha blanca en el entrecejo; sus grandes ojos amarillos brillaban como dos estrellas caídas.

El animal la observó con la cabeza gacha, gimiendo de dolor y rezumando sangre por el hocico.

—No te quería asustar –dijo él con dificultad, como si estuviera comiendo algo que le obstruyera el hocico—. Mi misión es protegerte, pero veo que no te defiendes mal.

Ante aquella voz, el vello de la nuca de la mujer se erizó de forma electrizante. Era ronca, grave, familiar. Inspiraba confianza y tranquilidad, pero ignoraba por qué.

—¿Te conozco?

—No.

—¿Quién eres?

—Me llamo Mutatis y soy la encarnación del cambio. ¿Cuál es tu nombre?

Por un momento, pensó en contestar que se llamaba Ignis, pero supuso que sonaría masculino. «¿Por qué debo contestarle, si intentó atacarme?», se dijo luego. Su mente decía que se alejara; sin embargo, su cuerpo, atraído hacia él, enviaba el mensaje contrario.

—¿Qué sucede? —preguntó el lobo tras el silencio prolongado.

—Nada.

—¿Olvidaste tu nombre?

«¡No puede ser!». Por su espalda corrió un escalofrío.

—¿Cómo lo adivinaste?

—Esto es malo, muy malo. La Luna absorbió todos tus recuerdos. ¿Cuántos meses has estado en el imperio?

«¿Meses?»; la perplejidad se delataba en su rostro. Si bien su memoria estaba seriamente afectada, y medir el tiempo en un lugar donde reinaba la noche perenne resultaba complejo, sabía que llevaba allí menos de una semana.

—No importa. El tiempo corre en nuestra contra. Debemos llegar a la salida antes de que me descubran.

—¿Existe una salida? —Cada vez entendía menos.

—Todo en la vida tiene una, aunque no sepamos visualizarla. Ven, sígueme.

El lobo no alcanzó a dar dos pasos, cuando se escuchó un aullido proveniente del bosque.

—Es Mortem. ¡Rápido!

Huyó a través del sendero y ella lo siguió, decidida a confiar en él. Algo en su mirada y en su determinación le despertaban una paz indescifrable. «Si debemos huir del tal Mortem es por una buena razón».

La pareja de atalayas estaba cada vez más cerca. La mujer giró la cabeza y distinguió una mancha nívea que adquirió forma lupina.

—Apresúrate. En el interior de esas torres estaremos a salvo.

«¿A salvo?», se preguntó, reparando en los musgos milenarios.

Giró la cabeza de nuevo. A sus espaldas, el lobo blanco gruñía con tanta fiereza que podía imaginar su respiración en la nuca, a dos centímetros de la yugular. Distinguió sus ojos, violetas como las constelaciones del cielo, y una mancha similar a la de Mutatis, pero de color negro. Obligó a sus piernas a sacar energías de algún lugar recóndito y correr más rápido. Al ver la entrada de la atalaya, Mutatis aceleró y abrió la puerta de madera con una embestida que la azotó contra la pared. Sin embargo, la puerta etérea le negó la entrada. El lobo tomó impulso, se lanzó una vez más y quedó flotando con medio cuerpo dentro. En esa posición, se retorció con desparpajo hasta atravesar la grieta invisible. Ella entró segundos más tarde y bloqueó la puerta con la rama, a modo de pestillo horizontal.

Se encontró cubierta de una capa de sudor y con la garganta seca. Le siguió una pausa en la que apoyó las manos sobre las rodillas. Mutatis, en tanto, resoplaba con la lengua afuera; su pecho se inflaba y desinflaba con violencia.

—¿Estás bien? —preguntó ella con voz entrecortada.

—Debemos seguir.

Mutatis subió los peldaños de una escalera de caracol, acompañado del sonido del roce de sus uñas en la piedra. Unos segundos después, ella lo siguió. Arriba se toparon con una puerta de madera robusta; en el suelo vieron una llave dorada y oxidada, con cabeza de corazón. La mujer tuvo la sensación de haberla visto antes, pero no recordaba cuándo ni dónde. La recogió e insertó en la cerradura; tras girarla, la puerta emitió un sonido metálico.

—Entremos —dijo, mientras guardaba la llave en el bolsillo del pantalón.

Del otro lado había un dormitorio tan elegante como abandonado. Una capa de polvo cubría todo: la cama con dosel, dos veladores, una alfombra sucia, el armario esquinero roído por termitas, las palmatorias con velas derretidas, una mesita con mantel negro que exhibía animalitos de vidrio, una mecedora con ornamento de flores, y un espejo tan alto como la mujer. El resplandor lunar entraba por una ventana de arco idéntica a la atalaya de Ignis, y añadía a aquella alcoba un filtro lúgubre.

El lobo se dejó caer en la alfombra, levantando una nube de polvo, y estornudó cuatro veces seguidas. Ella, también exhausta, se habría lanzado sobre la cama con todo gusto, pero no pudo evitar quedar prendida de su reflejo. Era fascinante ver cómo aquella mujer del otro lado imitaba sus jadeos. En ese instante, experimentó una sensación mágica. Una esfera de fuego descendía con lentitud de pluma, al tiempo que se abrían dos puertas diminutas en su cabeza. El calor cruzó la abertura y se fundió con su cerebro.

—¡Me llamo Robin! —gritó exultante—. ¡Lo recuerdo!

Mutatis se levantó sobresaltado. Al parecer, estaba quedándose dormido.

—¿Estás segura?

—¡No me cabe duda! ¡Soy yo! —dijo, admirando la felicidad de su reflejo.

Se dejó caer en la cama con los brazos abiertos y una sonrisa en el rostro. Levantó una capa espesa de polvo al hacerlo, partículas de tierra entraron a su garganta y su cuerpo convulsionó entre estornudos y toses. Cuando controló los espasmos, se tomó un momento de descanso para procesar lo que estaba sucediendo. A pocos centímetros de distancia, el lobo negro llamado Mutatis reposaba sobre la alfombra con el hocico hinchado.

Robin se sentó en la cama y aclaró su voz.

—Discúlpame por haberte golpeado. De saber que no ibas a dañarme, lo habría evitado.

El lobo se volvió hacia ella.

—La próxima vez me anunciaré más lejos de tu rama.

—¿Sin rencores?

—Sin rencores.

El remordimiento escapó por sus pulmones, dando espacio a un creciente alivio.

—¿Estoy en peligro?

El lobo se irguió y asintió con la cabeza.

—Trataré de explicártelo lo más breve posible. Estás en el Imperio de la Luna, pero en realidad no perteneces aquí. De hecho, ningún humano debe estar de este lado. No sabemos cuáles fueron tus intenciones al venir, menos las cosas que averiguaste, pero la Luna está buscándote. Usó su poder de neblina para absorber tus recuerdos y convertirte en una presa fácil. Debe tener miedo de que uses la información que obtuviste para destruirla, ya que no ha dudado en enviar a Mortem.

«Encaja con la versión de Ignis», pensó.

—¿Quién es Mortem?

—Es complejo de explicar. En palabras simples, es mi contraparte. Yo soy la encarnación del cambio, el avance; él lo es del estancamiento, el retroceso. Es mi otra mitad, mi hermano.

—¿Tu hermano?

—La Luna nos engendró como un solo ser, pero nuestras energías eran tan antagónicas que terminaron separándose.

Cada respuesta la dejaba más confundida. ¿Acaso los lobos provenían de la misma célula y eran gemelos? Más allá de la mancha en el entrecejo, no guardaban parecido. Si la Luna era su madre, ¿quién era su padre? Además, ¿cómo podía engendrar si no tenía vientre? El mundo resultaba cada vez más complejo.

—No te preocupes por él, impediré que te haga daño. Te escoltaré hasta el Imperio del Sol, ahí encontrarás la luz y la claridad: tus recuerdos.

Mutatis habló con tanta seguridad, que para ella fue imposible no creerle ciegamente.

De pronto, una fuerza arremetió contra la puerta de una forma tan brutal que por poco la derribó. El corazón de Robin saltó de la impresión. El lobo, con la espalda arqueada, agachó las orejas y mostró los dientes.

—¡Detrás de mí!

Una segunda acometida azotó la puerta contra la pared. El lobo blanco entró con el pelaje erizado, jadeaba con el hocico abierto. Sus ojos violetas se detuvieron en Robin, y Mutatis encrespó el pelaje gruñendo en tono de advertencia. Mortem se movió lentamente hacia la derecha; primero una pata, luego la otra. Mutatis lo siguió con la vista, y apenas dio un paso hacia adelante, gruñó mostrando los dientes.

—Entrégame a la humana. No me obligues a hacerte daño. —Su voz, desafiante, bordeaba lo femenino.

Mutatis, en lugar de responder, se abalanzó hacia la yugular del lobo blanco. En un abrir y cerrar de ojos, se enzarzaron en una riña de mordiscos frenéticos, patadas repentinas y alaridos agudos. Se atacaban rápidamente, Robin no lograba captar quién iba ganando. Quería intervenir, dejar de ser espectadora, pero sin su rama resultaba complicado. Además, carecía de dientes afilados o uñas peligrosas, ignoraba cómo defender su vida sin estorbar. Entonces, reparando en los veladores de madera junto a la cama, tuvo una idea. Sujetó con ambas manos uno de ellos, lo alzó sobre su cabeza y lo arrojó contra el lobo blanco. Aunque estalló en mil pedazos al impactar en su lomo, pareció no registrar el impacto.

Mortem cerró su mandíbula alrededor de la pata de su hermano. Mutatis aulló de dolor, mientras un hilo de sangre teñía su pelaje. Enardecido, saltó hacia el cuello con las fauces abiertas. El impulso desmedido los lanzó fuera de la habitación.

—¡No! —gritó Robin desde la cama, donde se había refugiado.

Los lobos estaban a medio camino del suelo de la atalaya, mordiéndose como si no hubiesen rodado por las escaleras. Ninguno estaba dispuesto a dar tregua.

—¡Cierra la puerta! —aulló Mutatis.

Ella no captó el mensaje enseguida.

—¡Enciérrate!

—¡No te dejaré!

—¡Rápido!

Mortem aprovechó la distracción y soltó a su oponente. Sus ojos violetas se clavaron en Robin, sonrió mostrando los colmillos manchados de carmesí y saltó hacia ella. La mujer empujó la puerta con desesperación, usando su peso para trabarla, pero la mitad del lobo estaba adentro, retorciéndose como pez fuera del agua.

—¡Vamos! ¡Ándate! —masculló, conteniendo con la puerta la desbordante energía de su oponente.

En ese momento, Mortem fue arrastrado de súbito por una fuerza externa y la puerta se cerró de golpe. Ella escuchó el gruñido grave de Mutatis mientras se alejaba arrastrando a su contraparte. Hurgó en su bolsillo, sacó la llave y pasó el seguro sin pensarlo dos veces. Se quedó parada junto a la puerta, alerta a cualquier sonido. Desde el exterior, no llegaba el aullido de los lobos o el roce del viento en la piedra. El imperio, en profundo sueño, no había advertido la pelea.

Nunca imaginó que, nada más salir del bosque, sería descubierta. Ignis le advirtió sobre los peligros de la noche eterna, así que temía ser capturada. No obstante, recordó a Mutatis. «Ahora cuento con un aliado». Decidió salir a buscarlo, unir fuerzas para derrotar a Mortem.

Sacó la llave de su pantalón y la metió en la cerradura, pero no giró. Supuso que el problema residía en el polvo, tomando en cuenta la antigüedad de la atalaya, así que la retiró, sopló el agujero e intentó de nuevo aplicando más fuerza. En lugar de conseguir su objetivo, la llave crujió como un tallo seco y se rompió. Una mitad quedó en su mano y la otra en la cerradura.

«Y ahora, ¿cómo saldré?», se preguntó consternada.

Miró fijamente la puerta e hizo lo primero que se le ocurrió: tomó impulso y se abalanzó contra ella, con la esperanza de abatirla tal como había hecho Mortem. El choque contra la madera dolió más de lo que imaginó, pero la puerta permaneció estoica. Intentó una y otra vez durante largos minutos hasta que su hombro crujió de forma alarmante, y desistió.

Caminó hasta la ventana y buscó desde las alturas la figura negra de su protector. A su izquierda, el Bosque de Lobos se extendía hasta el infinito, mientras la atalaya de enfrente lucía tan mal como su construcción hermana. Mirando hacia la derecha, atisbó una laguna redonda, en cuyas aguas negras la luna menguante reflejaba su delgada silueta. Más allá, donde la luz apenas llegaba, las montañas del este recortaban de forma triangular el cielo estrellado. Sin embargo, no había rastro de Mutatis.

Se apartó de la ventana para tenderse en la cama y cerró los ojos. Sus músculos se relajaron de súbito y su cuerpo, pesado, se hundió sobre el colchón. Pensó en la quietud que reinaba bajo la luna, en los extraños seres que sobrevivieron a la Guerra Astral y temió que el lobo blanco hubiese ganado la pelea. «Pronto lo sabré», supuso antes de dormirse. Si sus temores eran acertados, Mortem no tardaría en ir a buscarla.

Capítulo III

Desde el momento en que los lobos desaparecieron, Robin contó tres noches. La luna, todavía menguante, no cambió de posición. El imperio permanecía en un estado de quietud y angustia al mismo tiempo. Cada vez que se asomaba a través de la ventana, volvía a apartarse sin advertir señales de Mutatis o atisbos mínimos de civilización, además de las atalayas. Se miraba en el espejo buscando repetir la fórmula del éxito, pero ningún recuerdo floreció. Supuso que solo estaba consciente por ser una hija del Sol. «O su espía», pensó. El silencio estimulaba sus ideas y el afán por descubrir su pasado. Tanto Ignis como Mutatis le habían entregado piezas del rompecabezas, pero ninguna gatillaba recuerdos suficientes, por más coherentes que las historias fueran entre sí.

Para mantener su cabeza ocupada, se dedicó a reconocer los objetos de la habitación. Despertaron su atención varias cosas: los cajones del velador estaban vacíos, no había velas para las palmatorias y en el armario roído solo pendían abrigos. Los alrededores parecían tan vacíos como ella.

Cada vez que recordaba su encierro involuntario, abatía la puerta anhelando que un milagro la derribase; por mucho que lo intentaba, su fuerza no bastaba. Entonces, se le ocurrió otra idea: unir las dos mitades de la llave. Pensó que, si había logrado crear fuego con maderas blancas y paja, podía abrir la puerta recurriendo a su inventiva. Sacó de su bolsillo la mitad que había conservado. Al prestarle atención, en su pecho se agitó algo desconocido, como un segundo corazón palpitando a destiempo. De pronto, tras un chispazo, aparecieron imágenes en su cabeza: un papel tapiz crema con rayas verdes cruzaba la habitación de lado a lado. Los objetos a su alrededor lucían borrosos y, si centraba la vista en alguno, se desvanecía. En el suelo encontró una libreta con portada de unicornio, una cinta blanca la unía a un lápiz emplumado. «Mi diario de vida», recordó. Cuando era niña, usaba aquella libreta para escribir los juegos que inventaba y dibujar gatos circulares, los cuales pintaba con doce colores diferentes. Para mantener a raya a los intrusos, el diario tenía un candado dorado, que solo se abría con una llave con forma de corazón. Recuperar nueva información sobre sí misma la colmó de euforia, como cuando la palabra «Robin» vino a su mente.

Volvió a temer por el estado de Mutatis. Imaginó que su hermano lo había atrapado y alejado de ahí para que no interviniera en la captura de la infiltrada. O peor, que estaba muerto por aliarse con una hija del Sol. No conocía las leyes del imperio, pero la traición en tiempos de guerra debía pagarse cara. El remordimiento invadió su cuerpo como una picazón insidiosa. «Murió por mi culpa, y muchos lo harán de aquí en adelante», pensó. Si las palabras de Ignis retrataban el escenario actual, Mortem reportaría su existencia a la Luna y la Guerra Astral se reanudaría.

Pasaron otras tres noches antes de que recordara algo más. Para ese entonces, había desechado la idea de reparar la llave, ya que no logró extraer de la cerradura la mitad estancada. Dejando fluir su consciencia como un río sin dirección, dedujo la posibilidad de que existiera una copia escondida en el dormitorio, a modo de repuesto. Buceó entre los abrigos del armario, revisando el contenido de sus bolsillos; levantó el colchón para inspeccionar el somier y abrió las gavetas del velador, en busca de un fondo falso que no halló. Sin embargo, al deslizar uno de los cajones, el roce de la madera despertó la misma sensación que la llave. El pálpito vino acompañado de un leve dolor de cabeza. Robin abrió y cerró el cajón repetidas veces para inundarse de su canción, hasta que el recuerdo emergió de las profundidades. Distinguió el mismo papel tapiz de la primera vez, el diario de vida y la llave de corazón, pero también alcanzó a ver claramente un armario rosado, una cama para ella sola y un velador idéntico al que manipulaba en la atalaya. «Mi habitación de infancia», se dijo empuñando una mano victoriosa.

La décima noche, emergieron en su mente más imágenes. Tras rendirse a la certidumbre de que no existía un repuesto, pensó en salir por la única apertura que tenía disponible: la ventana. Sin embargo, al asomarse y contemplar la distancia entre ella y el suelo, dio un paso atrás. Cada día empujaba la puerta con el cuerpo, si bien las esperanzas de que cediera se habían agotado; lo intentaba únicamente por terquedad. Durante uno de esos intentos el malestar en su hombro la sobrepasó, así que se sentó en el suelo apoyando la espalda en el somier. Al mirar hacia abajo, reparó en los patrones desvaídos de la alfombra y, por reflejo, dibujó los rombos con el dedo. La aspereza de la tela desencadenó los pálpitos de su pecho y un dolor de cabeza más intenso. Se vio sentada sobre una alfombra de diseño idéntico a ese, pero rodeada de sus muñecas de infancia: Anita, Rosa, Princesa Elena... Recordó el olor a limpio de la alfombra y, sobre todo, su increíble suavidad. Más de una vez, cuando era pequeña, después de una tarde de dramáticas historias junto a sus juguetes, se había quedado dormida sobre ella, usando a Juanita, su pepona, como almohada.

Esa décima noche, más que experimentar euforia por recuperar aquellos fragmentos, se sintió confundida ante el hecho de que tantos objetos de su pasado convergieran precisamente en ese dormitorio. Resultaba aterrador no saber por qué.

El silencio ininterrumpido la volvió suspicaz. Por primera vez sintió que estaba en verdadero peligro. Imaginó que, tras una cuenta regresiva, las bestias despertarían, le darían caza y harían que compareciera ante la Luna. Su encierro no era seguro. Rememoró su primer encuentro con Mutatis, el poder de convencimiento que vertió sobre ella y su extraña forma de actuar. ¿Por qué se había acercado de manera tan amenazadora la primera vez? Trotaba demasiado rápido para ir en son de paz. Después, la llevó hasta la atalaya, argumentando que estarían seguros. Incluso viendo que la construcción se caía a pedazos, ella le creyó y entró. Finalmente, recordó la pelea con Mortem y las presiones que la obligaron a encerrarse. Las palabras convencidas del lobo, que le brindaron las certezas de las que carecía, habían terminado por conducirla paso a paso hasta la trampa.

«Te descubrí, Mutatis».

La noche decimoséptima, Robin no conciliaba el sueño. Aburrida de dar vueltas en la cama, se incorporó de un salto. Mientras admiraba el cielo estrellado desde la ventana, pensaba en el lobo negro. La idea de haber sido manejada con la sencillez de un títere hervía su sangre. Se reprochaba haber confiado ciegamente en él. Se dijo que todos los sucesos, del primero al último, habían sido maquinados previamente. Recordó que cuando escuchaba su voz, el estómago se le contraía como si quisiera enviarle una señal, y por fin entendió la razón: Mutatis pertenecía a su pasado, era un secuaz de la Luna. Era su enemigo. Luego de un tiempo que fue incapaz de calcular, la rabia se solidificó y los bostezos se hicieron patentes. Se estiró sobre la cama y se durmió en pocos segundos.

Esa fue la primera vez que soñó.

Jugaba con sus muñecas sobre la alfombra marrón de su habitación. La luz del sol entraba por una ventana cuadrada y añadía vida al papel tapiz. Juanita, la pepona, en su rol de jueza, debía dictaminar la condena de Anita por hurtar la chaqueta favorita de Princesa Elena, una muñeca rubia y esbelta, ataviada con tacones blancos y un vestido celeste.

—¡Cadena perpetua! —decretaba la pepona con su boca descosida, cuando una voz lejana llamó a la pequeña Robin para almorzar.

Como la venganza de Princesa Elena podía esperar, la niña salió del juzgado imaginario y corrió hasta la cocina, donde el olor a caldo la extasió. Su padre, sentado a la mesa de la cocina, la miró con la cotidianeidad de siempre y siguió comiendo. Vestía la ropa del trabajo, camisa blanca y pantalones de tela negra. Se aflojó el nudo de la corbata antes de alzar una cucharada hasta la boca y se manchó el bigote. Su abuela, al verla llegar al primer aviso, sonrió con su boca desdentada, al tiempo que en la comisura de sus labios se dibujaron los surcos de la edad. Los cabellos finos de la mujer caían por sus hombros como una débil cascada gris rompiendo en espuma. Caminaba con un plato hondo en las manos, procurando que el caldo no se desbordara, y lo depositó en la mesa sin que cayera una gota, pese al vapor cálido que empañó sus lentes. La niña se sentó, tomó su cuchara y comenzó a sorber con escándalo, pero a nadie parecía importarle. En lugar de reprenderla, la observaban con ternura.

Robin despertó bruscamente, con lágrimas en los ojos y un dolor de cabeza insoportable. Los rostros de su familia, todavía prendidos en la retina, desencadenaron una avalancha atronadora de imágenes. Recordó la mecedora en la que su abuela se balanceaba hasta el anochecer mientras tejía el chaleco de turno. La cama con dosel, una reliquia heredada del difunto tío Humberto, el hermano mayor de su padre. Recordó el viejo armario, lleno de abrigos de todos colores y estilos, a raíz de los constantes escalofríos de su abuela. Pensó también en los animalitos de vidrio, que adornaban la sala de estar sobre un mantelito circular tejido por ella.

«¿Cómo llegué a olvidarlos?», pensó desbordada en lágrimas. Si bien este recuerdo la conmovía, también resultaba inquietante. El dormitorio adquirió un cariz espeluznante, como si un desquiciado hubiese acondicionado el lugar de manera premeditada. «Mutatis, ¿quién más pudo hacerlo?», intuyó con ciega convicción.

Unos minutos después de despertar por decimoctava vez, percibió un suave movimiento bajo sus pies, como si una fuerza la meciera. Se quedó quieta, comprobando que no era su imaginación. Escuchó un rumor de tierra, y el movimiento se convirtió de pronto en una fuerza brava. Los animales de vidrio rebotaron sobre la mesita hasta caer por la orilla y explotar en el piso con un sonido agudo. Vio al armario balancearse de lado a lado, resistiéndose al movimiento, hasta desplomarse encima de la mecedora. Las esquirlas de madera salpicaron la habitación, acompañadas de una estridencia que apretó su corazón. No alcanzó a asimilar esto cuando una batahola atroz hizo eco en las paredes de piedra. Se asomó a la ventana y descubrió que la atalaya de enfrente se había venido abajo; solo quedaba un montículo de rocas dispersas alrededor de un cimiento circular. «Si no salgo de aquí rápido, esta jaula me sepultará». Tomó impulso y empujó la puerta con todas las fuerzas, mientras bajo sus pies el movimiento desestabilizaba su centro. El hombro le dolió más que en cualquier otro intento, pero la puerta permaneció cerrada. Lo intentó dos, tres, cinco, ocho veces más, obteniendo el mismo resultado. Cuando no restaban objetos por caer o romperse, pensó que en pocos segundos llegaría su fin.

En ese momento, escuchó el aullido de un lobo. A través de la ventana no lo vio, pero estaba segura de haberlo oído. De un momento a otro, la puerta se abrió de golpe y apareció Mutatis. En las patas y alrededor del lomo lucía heridas hinchadas. Su pelaje desaliñado y su lengua seca revelaban que había llegado hasta ahí corriendo.

—¡Rápido! Esto se vendrá abajo en cualquier…

Robin tenía claro lo que debía hacer. Escapó antes de que él terminara su advertencia. Bajó las escaleras con una mano sobre la pared para guiarse. Faltaban tres peldaños cuando la oscuridad menguó ligeramente debido a la puerta de salida, por la cual entraba la luz nocturna. Oyó el roce de las uñas del lobo negro al bajar los escalones y supo que la seguía.

Fuera de la atalaya, las estrellas no brillaban con colores violetas, sino rojos. Era el primer cambio en el cielo que notaba. Mutatis se detuvo a su lado y miró hacia arriba.

—No podemos quedarnos aquí, todavía tenemos camino pendiente. Esas estrellas de sangre son una mala señal. Sígueme.

La mujer descargó sus frustraciones con una patada que impactó en las costillas de Mutatis.

—¿Por qué me encerraste ahí?

—¿De qué hablas? Te acabo de rescatar —preguntó mirándola con el ceño arrugado.

—No hay necesidad de seguir mintiendo: te descubrí. Tú y tu hermano prepararon este engaño. Intenté salir durante semanas... ¡semanas! En cambio, tú abriste la puerta como si nada. ¿En verdad eres el protector que dices ser?

—En serio, ¿de qué hablas? Solo sé que debemos huir antes de que Mortem me rastree.

Robin lo esquivó y se alejó, pero el lobo la siguió.

—Déjame sola —dijo sin mirarlo.

—¿Qué ocurre? —Utilizó un tono insólitamente comprensivo.

—No quiero volver a verte.

Al notar que Mutatis hacía oídos sordos, comenzó a correr. El lobo aceleró y le cerró el paso en pocos segundos.

—¿Qué quieres de mí?

—Que me digas lo que te ocurre.

El descaro del lobo la enardeció.

—¡Bien! ¿Quieres saber? Ocurre que soy una estúpida. Confié en ti, creí que eras bueno, pero me tendiste una trampa, una trampa muy fea. Jugaste conmigo, pero ahora estoy libre. Sé que quieres llevarme con la Luna.

—¿De dónde sacas eso?

—¿Es mentira, acaso?

—Claro que sí.

—¿Y cuál es la verdad, entonces? ¿Qué es lo que pasa en este maldito lugar?

—Tú eres lo que pasa en este lugar, nadie más que tú, Robin. Has originado una revolución en la Luna que no termino de entender. Tu presencia está alterando el orden del imperio. Ellos te quieren, te necesitan. Si Mortem te atrapa, será nuestro fin. Has recuperado más recuerdos, ¿cierto?

Ella, aún reticente, no respondió. Mutatis asumió la respuesta.

—Debe ser la razón por la cual las estrellas sangran y la Luna está hecha una furia. ¡Hasta hiciste temblar la tierra para echar abajo sus atalayas y ser libre!

—¿De qué hablas? No tengo ese poder.

—Créeme, es verdad. Lo hiciste de manera inconsciente, pero fuiste tú. Estabas tan empecinada en escapar, que con tu mente creaste…

En ese instante, los interrumpió un ruido seco. Las piedras que sostenían la segunda atalaya se esparcieron y la construcción se vino abajo. La caída retumbó como el trueno de una tempestad. Los pedruscos que antes fueron una construcción se apilaron en una hilera irregular que levantó un polvillo blanco al soplar el viento.

—Ignoras el poder que tienes sobre el imperio. Si la Luna te ve como una amenaza, significa que puedes echar abajo no solo sus torres, sino su mundo entero. Esto no mejorará, Robin. Mortem te buscará sin descanso. Debemos irnos ahora que podemos.

—¿Cómo sé que en realidad no quieres entregarme a ella?

Mutatis gesticuló con su hocico, pero se retractó antes de pronunciar palabra.

—Dilo.

—Tengo una forma de probártelo. Es la mancha blanca de mi cabeza. Si la tocas, podrás acceder a mi mente y encontrarás las respuestas a tus dudas. Debo advertirte: es un arma de doble filo. Si abro mi mente, Mortem recibirá nuestra ubicación y no dudará en venir a buscarnos, con todos los peligros que eso implica. ¿Quieres asumir el riesgo?

Se detuvo ante el brillo diáfano de sus ojos amarillos. Transmitían sinceridad, esa misma que había utilizado para encerrarla.

—Lo asumiré.

Mutatis suspiró.

—En ese caso, pon tu palma sobre mi mancha blanca. Y prepárate.

Capítulo IV

Robin sintió leves chispas que le produjeron cosquillas, luego una electricidad recorrió su cuerpo desde el brazo hasta la cabeza. Mutatis comenzó a perder forma, su negro pelaje se fundió con la oscuridad de la noche. Al mismo tiempo, las ruinas de la atalaya cambiaron de color y se mimetizaron con el pasto que pisaba. Las formas y colores mutaron a tal punto que creyó estar sumergida en un caleidoscopio.

Los colores se agruparon de forma paulatina y dibujaron una silueta. Los tonos oscuros se apartaron a un fondo estrellado, la silueta adquirió fineza y distinguió a una mujer. Su cuerpo, pálido como la leche, contrastaba con un vestido translúcido. Sus ojos eran violetas, igual que sus largos cabellos, y sus rasgos suaves como los de una doncella. De pie sobre un suelo estrellado, en un punto difuso entre el arriba y el abajo, acunaba en sus brazos delgados a un lobezno gris. Sus grandes ojos, también grises, brillaban como las estrellas del fondo y estaban prendidos de la expresión tierna de la mujer. Cada vez que gemía, ella acariciaba su barbilla peluda y él, contento, lamía sus dedos.

Robin sintió un calor suave, maternal en medio del pecho. «Es Selene, la Luna. Mi madre», pensó de improviso.

En el rostro de Selene se dibujó el terror cuando, de pronto, su retoño puso los ojos en blanco y comenzó a convulsionar. El pelaje se oscureció en un lado y se aclaró en el otro. La mujer trató de retenerlo entre sus brazos, pero se agitaba con tanta fuerza que cayó al suelo. En el centro del animal, una luz escindió la mitad negra de la blanca, originando así dos lobos más pequeños. El blanco alzó su pequeña cabeza, la miró con ojos violetas y ladró con la ternura de un cachorro. El rostro de Selene, al conectar con él, se expandió de alivio. En cambio, contempló al lobo negro y al penetrar en el tono amarillo de su mirada, el semblante de la mujer se oscureció tanto como el cielo.

Robin no alcanzó a procesar la profundidad de aquella escena. Los colores volvieron a difuminarse, los grises y negros giraban hacia un lado, mientras blancos y violetas se mezclaban en otro a una rapidez vertiginosa. Los grises se agruparon como soldados y poco a poco tomaron la forma de enormes pilares. Un techo blanco flotaba a gran altura, bajo sus pies se extendía un piso de mármol. Escuchó un ladrido proveniente del pasillo y, al cruzarlo, encontró una sala similar a la anterior. Dos lobos todavía cachorros miraban sus entrecejos, tumbados como esfinges uno frente al otro, en total silencio. Sin embargo, en su mente escuchaba dos voces.

—¡Es fantástico! Madre no dijo que teníamos este poder —se emocionó el lobo blanco.

—¿Y si ella tampoco lo sabe? —respondió el lobo negro con el mismo entusiasmo—. Al fin y al cabo, nosotros no podíamos saberlo.

—Es divertido, ¿no te parece? Nuestras manchas nos conectan como si siguiéramos siendo uno.

Ambos rieron en silencio. Robin sintió mariposas multicolores en su estómago, una mezcla extraña de euforia e incertidumbre. Era el deseo irrefrenable de profundizar en ese mundo inexplorado y conocer sus insaciables opciones.

Las mariposas se esfumaron y un dolor de aguja penetró su entrecejo. Supo que era Mortem ingresando a su mundo emocional, invadiéndolo. Por un lado, visualizó la sonrisa de Selene mirando al lobo blanco, mientras que en el otro percibió la expresión de reproche que esbozaba cada vez que Mutatis la miraba, le preguntaba algo o pronunciaba su nombre. Experimentó una desolación intensa, un vacío creciendo en su vientre.

Escuchó la consciencia de Mutatis en su cabeza diciendo: «Madre no me quiere».

El lobo blanco salió de su cabeza, abrió los ojos de par en par y, empleando su hocico, preguntó:

—¿De verdad me envidias?

El silencio fue respuesta suficiente.

—Mamá te ama, así como ama a todos sus hijos. Siempre lo dice.

—A mí me lo dice, pero a ti te lo demuestra. Te abraza, te acaricia bajo la barbilla, se ríe de tus chistes. Me gustaría que fuera así conmigo. —Mutatis escondió el rabo entre sus cuartos traseros—. No quiero seguir hablando del tema.

—Yo tampoco. No quise incomodarte.

—Lo sé.

Mortem, con expresión embarazosa ante el escenario, dijo:

—Prometamos no hacer esto nuevamente, ¿vale?

Mutatis asintió agitando la cabeza…

Los detalles volvieron a difuminarse y la vista de Robin vislumbró muchos colores. El negro de Mutatis aumentó de tamaño, lucía más adulto, sus ojos eran más pequeños y su hocico más alargado. El color blanco, que antes era Mortem, se alargó hasta adoptar la forma de Selene. Estaba sentada en una silla de mármol, imponente como una emperatriz. En cuanto vio entrar a Mutatis, su rostro reveló una mueca fugaz de disgusto.

—Déjame. No estoy de humor —dijo, acompañando sus palabras de un gesto con la mano.

El lobo se acercó aún más.

—¿No me escuchaste? Dije que te fueras.

—No me iré, madre. Estoy cansado de cómo me tratas. Soy incapaz de callarlo. No me quieres como al resto de mis hermanos. De hecho, dudo que en realidad sientas algún tipo de afecto por mí. Lo sé desde cachorro, pero me negaba a asumirlo. Al fin y al cabo, eres mi madre. Por mucho tiempo me recriminé, como si fuera el culpable. Hice cuanto estuvo a mi alcance para sacarte una sonrisa y que me trataras como a Mortem. Solo quería recibir al menos una migaja de lo que le das con tanto desenfado al resto. Ahora estoy harto, me cansé. Estoy aburrido de nadar contra tu corriente.

—¿De dónde has sacado eso?

Al ver su gesto desentendido, la angustia en su estómago se transformó en una ira abrasadora.

—¡Por los cielos, deja de mentir! —estalló Mutatis—. Noto tu expresión cuando debes enfrentarme. No soy tonto. ¿Tengo que repetirlo? Siempre me hiciste creer que era una vasija quebrada, un objeto sin valor. Pensé que debía mejorar, reunir mis piezas para que nuestra relación funcionara. Pero no, Selene, eres tú quien está rota.

—No me llames así, muchacho. Ten un poco de respeto.

—¡Te llamaré como se me antoje! —dijo con escozor en los ojos, acercándose al trono—. No tienes poder sobre mí. Por mucho tiempo anhelé tu respeto, tus muestras de cariño, pero sé que nunca los obtendré. Eres incapaz de amarme.

—Claro que te amo, Mutatis.

El lobo dejó escapar una risa de impotencia.

—Si me amaras de verdad, no me lo dirías desde tu trono, mientras me ves llorando. Te habrías puesto de pie mostrando algo de preocupación, me abrazarías y tratarías de calmarme. Mentir no te resultará conmigo, abrí los ojos. Solo quiero saber por qué, Selene, ¡por qué!

La mujer se incorporó repentinamente y se acercó al lobo con la cara enrojecida. De sus ojos brotaron lágrimas.

—¿Tanto quieres saberlo? ¡Te lo diré! En ti veo a Helios. Su cabello es negro y terso, igual que tu pelaje. Tus ojos brillan como dos soles, ¿lo sabías? Son incluso más bellos que los de él. Eso me enfurece y me impide olvidar el pasado. ¿Crees que no intenté superarlo? Me lo he propuesto desde que naciste. Pero al verte, escucharte y sentirte, me doy cuenta de que nunca lo lograré. No eres malo, hijo. El problema es que heredaste todo lo que siempre odiaré de él. ¡Ahí está, muchacho! Conoces mis motivos. ¿Conforme?

Mutatis no sabía qué decir, Robin lo notó en su garganta apretada. El semblante de la Luna se suavizó mientras secaba sus lágrimas con el dorso de la mano.

—Es verdad, Mutatis, estoy rota. En todo este tiempo no he logrado recuperarme, no creo ser capaz de hacerlo. Tu padre inundó mi mundo con su luz incondicional, y cuando nuestro vínculo se rompió, arrasó con todo, lo bueno y lo malo… Solo porque no es tu culpa, he acallado el impulso de matarte. La idea ha cruzado mi cabeza más veces de las que me enorgullece. Mi amor hacia ti me ha detenido. No sería capaz de llevar un peso así sobre mis hombros, aunque verte me duele, y ahora que conoces mis razones, esto me hiere todavía más. No me dejas otra opción.

Mutatis retrocedió.

—¿Qué quieres decir?

—Te desterraré del cielo. De ahora en adelante vivirás en el imperio. Es un bosque inmenso, con decenas de criaturas. No te aburrirás.

—Debes estar bromeando. ¡No puedes separarme de Mortem!

—Hasta cuando protestas te pareces a Helios… —suspiró Selene.

—No puedes hacerme esto. ¡Soy tu hijo!

—Lo siento. Te amo, Mutatis…

Selene chasqueó los dedos y los colores se apagaron de golpe. El caleidoscopio se transformó en un vacío oscuro, impenetrable. Transcurrieron algunos segundos silenciosos, eternos, hasta que tonos grises, verdes y violetas aletearon bajo el fondo negro. Los colores tomaron forma de pasto y cielo estrellado, el gris se alargó hasta formar un camino. Robin reconoció la llanura y el Bosque de Lobos. Hacia el fondo, se vio empuñando la rama usada como garrote; al frente estaba Mutatis, jadeaba con el hocico ensangrentado. Un sabor metálico caló en su boca como un dolor de muelas. Al reconocer que estaba sana y salva, emergieron dos poderosas sensaciones: un peso que se desvanecía y despejaba su pecho: «Alivio»; y un deseo irrefrenable de dañar: «Venganza».

En ese momento, una electricidad atravesó el entrecejo de Mutatis, la misma que generó Mortem al introducirse en su cabeza, cuando eran solo cachorros. A continuación, se colaron en la mente de Robin imágenes de la Luna en el instante en que ordenaba hallar a «la humana infiltrada», ya que su presencia significaba un peligro inminente:

—Tu hermano se sentirá atraído por ella y no dudará en usarla —decía a Mortem—. Introdúcete en su cabeza y averigua dónde están. Tráela ante mí antes de que lleguen a las atalayas gemelas, ¿entendiste? De lo contrario, ella destruirá todo lo que conocemos.

Mutatis pensó, decepcionado, en la promesa que se habían hecho tanto tiempo atrás. «Si no siento la electricidad, es porque obtuvo lo que buscaba». Justo después de eso, un aullido cercano ratificó su conjetura.

—Es Mortem. ¡Rápido! —gritó, corriendo hacia las atalayas mencionadas por la Luna.

Robin lo siguió, pero el caleidoscopio volvió a cambiar. El pasto creció y creció hasta cubrir la luz del cielo nocturno; luego, cambió de forma y se convirtió en una arboleda. La imagen de Robin se fundió con los tonos verdes. De pronto, apareció en el centro un color blanco que tomó la forma de Mortem. El lobo jadeaba y las órbitas de sus ojos se tambaleaban tanto como su cuerpo. Un corte grotesco cruzaba su pecho y la pata derecha, manchando de rojo el pelaje níveo.

—No podrás defender a la humana para siempre, ¿lo sabes? Soy quien mantiene las cosas estables, no tú. Solo eres la encarnación del cambio, no pretendas ser alguien más.

—Puedo defenderla y lo haré. No sé por qué Selene...

—Madre —corrigió el lobo blanco.

—No sé por qué «Selene» añora tanto a Robin. Si la pone tan nerviosa, debe ser algo importante. Guarda relación con Helios, ¿cierto?

No necesitó una respuesta, el cambio en el rictus lo delató.

—Escucha, hermano mío, encontraré algún pasadizo y me inmiscuiré en tu cabeza. Cuando descubra dónde tienes a la humana, sufrirás su mismo destino.

—Si implica la caída del imperio, valdrá la pena.

—Te aseguro que no.

El lobo no aguantó el debilitamiento y se desmayó sobre su charco de su sangre. «Debo llevar a Robin hacia Helios antes de que se regenere», pensó, mirando por última vez a su hermano, trotando en dirección a las atalayas.

En ese momento, un calambre ascendió por su brazo y Robin retiró la mano antes de que se extendiera. Al abrir los ojos, se dio cuenta de que había regresado al mundo real. Seguía de noche, la atalaya estaba en ruinas y las montañas se divisaban hacia el este. Sin embargo, Mutatis la miraba con talante funesto.

Capítulo V

—¿Qué fue eso? —dijo ella, aún encandilada por los colores del caleidoscopio.

—Te di pase libre a mis recuerdos. Asumo que encontraste respuesta a tus dudas.

«Lo haces para tu beneficio. Soy un medio para tu venganza», pensó asintiendo con la cabeza.

—¿Confías en mí ahora?

—Sí.

—Entonces, vamos. Todavía queda camino.

Robin se sintió culpable. Su cuerpo gritaba en un idioma arcano que no desconfiara de él, pero su mente, famélica de certezas, comenzó a rellenar los espacios vacíos. A causa de ello, se veían obligados a correr.

—Apresúrate. Mortem no tardará en llegar.

Con la mente más despejada, Robin asimiló con mayor detalle las sensaciones que experimentó al ver los recuerdos de Mutatis. Por sus dedos aún escurría el rictus despectivo de la Luna y, sobre todo, las emociones que despertaban en el lobo. Si bien la venganza era un sentimiento oscuro como pocos, Robin entendía su dolor. «¿Mi madre es tan mala como Selene?», se preguntó. Era una duda legítima. La Luna le había arrebatado sus recuerdos, junto con el acervo de emociones detrás de ellas. «Si mi abuela me crio, ¿dónde estuvo mi mamá?».

Humana y animal se adentraron en un bosque donde el camino gris desaparecía bajo una capa gruesa de largo y húmedo pasto. Los árboles crecían unidos unos a otros, más amarillos que blancos. Las copas, también amarillas, bloqueaban la entrada de la luz nocturna. Las rocas y raíces retorcidas, camufladas en la oscuridad irregular, volvían el trayecto traicionero; con el objetivo de no tropezar, aminoraron la velocidad.

—¿Recuerdas cuando nos vimos por primera vez?

—Cómo olvidarlo. Me golpeaste con un palo.

—No me martirices, ya me disculpé.

—Lo sé. ¿Por qué lo mencionas?

—Esa vez preguntaste, hacía cuántos meses estaba en el imperio. ¿Por qué no dijiste «noches»?

—El nombre es lo primero que uno obtiene al nacer. Por lo tanto, es lo último que la Luna consigue nublar, ese proceso toma mucho más que solo algunas noches.

—¿Cuánto demora?

—Al menos nueve meses.

Robin paró en seco, estupefacta.

—¡Es imposible! Cuando apareciste, había despertado apenas tres días atrás.

—Puede ser, pero ¿recuerdas cuánto tiempo estuviste dormida?

—¿Quieres decir que dormí más de nueve meses corridos?

—No me explico de qué otra forma olvidaste tanto…

La duda sobre el curso del tiempo comenzó a rondarla a partir de ese momento, y la búsqueda de respuestas solo provocó más preguntas.

—¿Estás seguro de que este es el camino hacia el Imperio del Sol?

—El sendero es difuso, sí, pero debemos avanzar en línea recta hacia el este, hasta llegar a la luz.

«Siempre hacia el este», se repitió.

—En ese caso, sigamos caminando…

Llegados a un punto del trayecto, la tierra se convirtió en arena. A sus lados se desplegaba una laguna alargada, cuyas pacíficas aguas reflejaban la negrura de la noche y la redonda silueta de la luna. Por la forma de las aguas y el punto luminoso en el centro, recordaba a Mutatis. Robin, a raíz de lo visto en el caleidoscopio, prefirió reservarse la acotación.

El lobo agachó la cabeza, lamió la orilla del agua y escupió con estrépito.

—¿Qué sucede? —preguntó ella.

—¡Está salada!

Robin escuchó el crujido de unas hojas y se detuvo. El lobo, más adelante, también frenó.

—¿Oíste eso?

Ella asintió, inquieta.

El crujido se repitió. La mujer se adelantó para descubrir su origen, y Mortem salió de la espesura dando un salto. El corte en su pata, atestiguado a través de los recuerdos de Mutatis, había desaparecido sin dejar cicatriz, y sus ojos brillaban como dos estrellas violetas. Respaldada por el lobo negro, Robin se acercó al árbol más próximo, se colgó de una rama y la sacudió hasta que se rompió. Asió su nueva arma mirando a su enemigo sin parpadear.

Ante la táctica, Mortem sonrió.

—¿Piensas que con un palo me detendrás?

—No sería la primera vez que le parto la mandíbula a un lobo.

—Vete, Mortem —intervino Mutatis—. No tienes oportunidad contra nosotros.

—Es cierto —volvió a sonreír—. Todavía recuerdo cuando éramos cachorros y jugábamos a mordernos. Primero era suave, todo patadas y risas, hasta que uno de los dos se excedía, el otro se enojaba y el juego se convertía en pelea. Siempre ganabas. Pero hoy será distinto, hermano mío; lo percibo en el agua.

Mortem avanzó hasta hundir sus patas en la laguna. Los miró una vez más antes de cerrar los ojos, luego continuó hasta sumergirse por completo. Tras varios segundos, emergió respirando con brutalidad, envuelto en un entramado de algas blancas y goteando como una nube de pelos. Cogió una de las algas con el hocico, se la tragó y, esbozando una mueca de asco, comenzó a susurrar en un idioma que Robin no reconoció, pero que Mutatis pareció comprender.

—¿Qué sucede? —preguntó ella, notando su preocupación.

—No entiendo con claridad. Me acercaré.

Solo alcanzó a dar un paso cuando Mortem aulló:

—¡Despierta, Fobos!

En el centro de la laguna se propagaron ondas circulares. La tierra tembló, y de las profundidades emergió una bestia de cinco metros que salpicó agua y eclipsó la luz de la luna. «Un cangrejo», pensó Robin al reconocer dos grandes pinzas. Se sostenía sobre ocho patas cubiertas de espinas, el caparazón lucía más duro y resistente que la delgada rama convertida en arma por la mujer. Los ojos de la bestia, negros y enormes, se retorcieron para obtener una visión general de su alrededor; en cuanto identificó a Mortem, las anténulas de su boca se movieron de forma tétrica.

—Humana, te presento a Fobos, el cangrejo del miedo.

La espalda de Robin tembló bajo un sudor frío. La rama cayó de su mano.

—¡No puede ser! Selene se deshizo de él —dijo Mutatis, atónito.

—¿De uno de sus hijos? No. Prefirió dormirlo para evitar que dañara a alguien más. No te mató, ¿por qué te extraña? —Mortem se volvió hacia el cangrejo—. ¡Fobos, atrápalos! ¡Ve!

Mutatis y Robin se apartaron de la orilla, pero Fobos solo los siguió con la mirada.

—Vamos, Fobos. ¡Ve! —arengó Mortem una vez más.

El cangrejo agitó sus tenazas y sacó, una a una, las patas de la laguna.

Robin y Mutatis aminoraron el ritmo cuando salieron de la árida orilla y se adentraron en el bosque, ya que el terreno, mezclado con conos de pino y briznas de hierba, era más barro que tierra sólida. En tanto, con asombrosa pericia, el cangrejo del miedo usó sus pinzas para arrancar de raíz cada uno de los árboles que entorpecían su camino. Por cada paso que daban ellos, Fobos era capaz de avanzar el doble.

—Adelántate. Lo distraeré —dijo el lobo.

Robin agitó la cabeza sin ánimo de cuestionarlo. Mientras esquivaba las raíces de terreno y se adentraba más y más en la oscuridad, los deseos de retroceder aprisionaron su corazón con fuerza. La conducta habitual de Mutatis era sacrificarse, como si su cuerpo no sintiera dolor o sangrara. Como si su existencia careciera de valor. A través del recuerdo de las imágenes observadas en el caleidoscopio, comprendió la razón. Quizá todos por quienes sintió afecto alguna vez lo abandonaron; pensó que nunca había recibido una muestra genuina de amor o palabras de cariño. La revelación fue tan diáfana para Robin como el agua de la laguna. Se detuvo de pronto, volvió la vista hacia el bosque y retrocedió.

Robin supuso que se encontraría de frente con Fobos, ya que escuchaba el lamento seco de la tierra cada vez que él arrancaba un árbol. Sin embargo, mientras avanzaba, un hedor salado invadió sus fosas nasales, al tiempo que una fuerza se cerró alrededor de su cintura y la alzó con facilidad de pluma. Fobos la sujetaba en vilo con su tenaza derecha y examinaba su cuerpo con curiosidad, moviendo los ojos a destiempo. A su espalda se alargaba un camino de bosque desolado.

Robin golpeó al cangrejo con los puños, pataleando en busca de un resquicio que le permitiera huir. La bestia no se inmutó.

—¡Fobos! —gritó Mutatis, emergiendo del camino. El cangrejo miró hacia abajo—. ¡Sí, mírame! Soy Mutatis, tu hermano. No me conociste, pero tenemos la misma sangre. Sientes la energía lunar dentro de mí, ¿cierto?

Fobos se acercó a él y movió sus anténulas.

—¿La sientes?

La tenaza libre de Fobos retrocedió. Por un breve instante, Robin pensó que estaba convencido, pero cuando lo vio avanzar, el corazón se le contrajo de golpe. El impacto arrancó a Mutatis del suelo y lo estrelló contra un árbol.

—¡Mutatis!

El lobo no se levantó.

Cumplida su misión, Fobos caminó en dirección a la laguna. A los lados se dispersaban incontables pinos de raíces amarillas, los mismos que unos momentos atrás cre-cían sobre la tierra removida. «Este es el fin», pensó Robin. Mutatis había sido derribado, y ella capturada. No distin-guió a Mortem en la lejanía, pero imaginó que esperaba en la laguna. «Y aún no recuerdo qué busca la Luna de mí». Supuso que ella misma tendría el placer de revelárselo en su trono de mármol.

De un momento a otro, asomó en su rostro una sonrisa de alivio. Advirtió unos ojos amarillos zigzagueando a tra-vés de los árboles. Fobos también percibió algo, pues frenó de súbito, levantó su tenaza libre y la estampó contra los pinos en pie, justo donde se ocultaba el lobo negro. Mutatis rodó hacia la tierra removida, esquivando las esquirlas de madera. Ahí esperó a que Fobos diera el primer paso y, de un salto, se aferró a la tenaza que sujetaba a Robin. En ese lugar, la pinza perdía grosor y se unía bajo las terminacio-nes de las patas delgadas. Mutatis buscó la sección más os-cura y enterró sus colmillos. El crujido de la capa externa inspiró una mordida más furiosa. Fobos agitó su tenaza de izquierda a derecha, sacudiendo a la humana como un te-soro invaluable. Intentó atrapar a Mutatis con la pinza libre, pero no lograba aprisionarlo, pues las uñas de Mutatis res-balaban. Durante un segundo, Robin temió que cayera, pero su mandíbula resultó ser más potente. Con casi todo su cuerpo colgando, el lobo continuó agitándose.

«Tú puedes», pensó ella.

Escuchó un nuevo crujido, casi inaudible, y el casca-rón asomó la primera fractura visible hasta bifurcarse en dos más extensas. Bastó una mordida más para que la te-naza se desprendiera. Robin cayó amortiguada por la coraza, apartó las pinzas de su cintura y quedó libre. Quiso agradecer a Mutatis por salvarla una vez más, pero no había tiempo. Fobos dejó caer sobre ellos su tenaza libre, con el claro objetivo de aplastarlos como hormigas, pero la furia nubló su puntería y erró. Humana y lobo se adentraron en el bosque, en dirección contraria a la laguna. Fobos los persiguió, abriéndose camino con su única tenaza, pero esta manquedad lo rezagó a tal punto que, minutos después, perdió el rastro.

Apenas la criatura se convirtió en una amenaza distante, Robin se detuvo.

—¿Qué sucede? —preguntó el lobo.

La mujer se arrodilló, lo abrazó y besó el pelaje de la comisura de su hocico. Sus ojos, más amarillos que nunca, la miraron con desconcierto.

—¿Qué fue eso?

—Gracias. De verdad, gracias. No sé qué habría pasado si ese cangrejo me lleva con él.

—No hay de qué.

—¡No! Fue un acto heroico, no permitiré que lo minimices. Siempre lo haces, como si nada de lo que eres o realizas significara algo. ¿Cómo podía dejarte solo, combatiendo contra tamaña bestia? Quizá para ti no vales y entiendo tus motivos, nadie supo reconocerte antes. Pero yo no comparto esta actitud. Para mí significas mucho y tienes que saberlo. Te quiero.

Sus ojos amarillos, brillantes como dos pequeños soles, se humedecieron. Ella volvió a abrazarlo. Sus latidos acelerados, al cabo de unos segundos, se acompasaron y relajaron.

—Desde ahora, no me harás a un lado —dijo a su oído—. Cualquier inconveniente que se nos atraviese lo resolveremos juntos, ¿está bien?

Mutatis agitó la cabeza y descansó el hocico sobre su hombro. Robin supuso que había sido una respuesta afirmativa y acarició su pelaje.

—Nadie me había dicho algo así. Se siente extraño.

Ella sonrió.

—¿Extraño bueno o extraño malo?

—Bueno.

Permanecieron incontables minutos abrazados en silencio. Robin pensó en la Luna, en la intrincada relación que mantuvo con Mutatis, y lo estrechó con mayor fuerza. Su consciencia la llevó, sin darse cuenta, al rostro incógnito de su madre, ese rincón de su mente todavía a oscuras. Si cerraba los ojos, era capaz de recordar a su abuela con total nitidez y sentir ese calor maternal del que Mutatis había carecido. Sin embargo, solo su padre figuraba en la historia, aquello le generaba ruido. «¿Por qué fue mi abuela quien me crio?».

—Robin, debemos continuar.

La mujer postergó sus pensamientos. Se incorporó del suelo y buscó en la oscuridad la silueta de las montañas. El trayecto que tenían delante era el más empinado, el último esfuerzo. «Un poco más y estaré en casa».

—Debemos continuar —repitió ella.

Los arbustos se incrustaban en las grandes masas rocosas, adoptando la forma de sus grietas, y los árboles se curvaban en dirección a la luz lunar. A medida que avanzaban, el terreno se hacía pedregoso, y la inclinación, extenuante. Mutatis se valía de su cuerpo ágil para subir tramos complejos, pero

Robin lo seguía con lentitud, tomaba un cuidadoso impulso con las piernas, tanteando las raíces más gruesas y las piedras sobresalientes.

En un momento del trayecto, ella percibió un movimiento ascendente bajo sus pies, acompañado de un rumor de tierra. «Un temblor», pensó al recordar la atalaya derrumbada. La piedra castañeó sobre los cimientos y huyó de sus pies. Su cuerpo, sobrecogido ante la falta de sustento, petrificó su corazón en la garganta. Intentó aferrarse a Mutatis, pero solo lo rozó. Lo último que recordó mientras rodaba cuesta abajo, justo antes de quedar inconsciente, fue el agudo dolor que partió su cabeza.

Capítulo VI

El olor del humo, tan penetrante como el frío y la humedad, activó sus sentidos poco a poco.

Descubrió que estaba en el interior de una cueva, iluminada en el fondo por una débil luz de fogata. Escuchó el repiqueteo desacompasado de goteras invisibles. A su lado, tendido en la piedra, Mutatis respiraba con los ojos cerrados a un ritmo lento. «Qué alivio», pensó ella. Se llevó la mano a la cabeza y palpó la rugosidad de una gruesa herida. Miró sus dedos, tenían restos de sangre seca y grumos de una pasta verde, la misma que cubría los múltiples rasguños de las patas, el lomo y la cabeza de Mutatis.

«¿Dónde estamos?», se preguntó mirando hacia el fondo.

La silueta de una niña, de cabellos rizados y torso delgado, se calentaba las manos cerca de la fogata. Estaba sentada sobre un tronco gris y tarareaba una melodía misteriosa. Su sombra se proyectaba en las paredes y se movía al compás de las llamas.

«¿Ella nos salvó?». Dudaba de que su cuerpo enclenque soportara el peso de un lobo o una mujer robusta, pero no encontraba otra explicación.

Cuando se levantó, golpeó una de las muchas rocas de la cueva. La niña se giró tras escuchar el rebote y, al verla de pie, cogió una manta y pasó su cabeza por la abertura que tenía en el centro. La prenda la cubrió hasta los pies.

—¿Cuál es tu nombre, humana? —preguntó, mientras se acercaba con paso seguro.

Sorprendida por su tono solemne, se vio influenciada a responder.

—Robin.

—¿Y el del lobo? —Lo examinó con sus ojos violetas.

—Mutatis.

No tenía claro si la niña estaba de parte del Sol o la Luna. Los alrededores indicaban que ella los había ocultado de las inclemencias de la intemperie. En lugar de ignorarlos y dejar que perecieran, decidió introducirlos en la cueva y curar sus heridas. Sus ojos, en cambio, recordaban a Mortem, y su voz distaba radicalmente de su apariencia.

El lobo, luego de dar patadas y pestañeos involuntarios, volvió en sí. La miró de reojo y gruñó desprevenido, con el objetivo de desperezarse. Al inclinar la cabeza y encontrarse con la niña, se levantó abruptamente.

—Robin, ven aquí.

La mujer observó a la niña, quien devolvió su mirada con indiferencia, y se alejó hasta ubicarse junto a Mutatis.

—¿Quién eres? —dijo él.

—¿Qué está pasando? —susurró Robin.

—No lo tengo claro.

La niña dio un paso y dijo con voz nítida:

—No les haré daño. Si lo hubiese querido, estarías muerto.

—¿Quién eres?

—Deberías tener una idea. Esta cueva apesta a Selene.

—¿Qué eres de ella?

—Su hija más pequeña. O lo era en esos tiempos, antes de que me confinara a este imperio. ¿Y tú?

—Hijo.

La niña esbozó una sonrisa difícil de descifrar.

—Al parecer no fui la única que la contrarió.

Mientras se alejaba, hizo un ademán en dirección a la fogata. Robin bajó la mirada; según percibía, el lobo tenía la última palabra.

—No te confíes —susurró él, mientras caminaba hacia el calor.

Mutatis se sentó sobre sus cuartos traseros y ella encima de una piedra fría.

—¿Cuál es tu nombre? —preguntó él.

—Quirán, la encarnación de la inteligencia. ¿Nunca oíste de mí?

—Pensaba que solo tenía una hermana.

—Pues tienes dos. Selene borró una de la historia. ¿Te suena, al menos, el Destacamento de Quirán?

—No.

La niña calló. Parecía reflexionar los datos que acababa de adquirir.

—¿Por qué te desterró? —preguntó Quirán.

—Porque le recordaba a Helios.

—Ahora que lo dices, heredaste sus ojos… ¿Solo por eso?

—Solo por eso.

—Podría decir que me impresiona su actitud, pero mentiría.

La mujer escuchaba cada palabra con suma atención, Quirán la intrigaba sobremanera.

—¿Quieres decir algo, Robin? —preguntó Quirán.

Al parecer, la observaba con demasiado detenimiento. Se vio arrinconada por ese par de luces violetas y agachó la mirada.

—¿Por qué estás de este lado del imperio?

—No lo recuerda —intervino Mutatis—. Selene la despojó de sus memorias.

—El hechizo de niebla, comprendo... ¿Hace cuánto tiempo estás aquí?

—No lo recuerda. Ambos sabemos, como hijos de la Luna, cuánto demora ese hechizo en concretarse.

Robin captó un breve movimiento en las cejas de la niña, quien se levantó del tronco donde estaba sentada y estiró sus brazos para desperezarse. Se alejó de la fogata dando pasos aleatorios.

—No le haré daño, Mutatis; tampoco a ti. ¿Por qué lo haría? Solo quiero saber a quiénes introduje en mi morada. Convengamos que una humana y un hijo de Selene son una mezcla insólita.

Mutatis no respondió. Quirán acomodó su manta y volvió a sentarse cerca del fuego, mirando a Robin. Sus músculos, al advertirlo, se tensaron.

—Por lo que entiendo, Selene está al tanto de tu presencia. ¿Ha intentado algo en tu contra?

—Envió a dos de sus hijos a capturarme.

—Me lo imaginaba. Tu ropa parece salida de una persecución. ¿Quiénes fueron?

—Se llaman Fobos y Mortem —intervino el lobo.

—Mutatis, por favor. —Quirán dibujó una sonrisa.

A esas alturas, Robin concluyó que esas sonrisas nunca provenían de una emoción agradable. Todo lo contrario, resultaban una advertencia tétrica.

—Esos son sus nombres —confirmó Robin, luego de una pausa.

—No llegué a conocerlos. Debieron nacer después de la guerra.

—Cuando usted dice guerra, ¿se refiere a la Guerra Astral?

—No existe otra para mí. Y no me trates de usted. No es época para formalismos.

—Está bien.

—¿Por qué Selene te desterró, Quirán? ¿Tiene que ver con la guerra? —preguntó el lobo.

—Tiene mucho que ver. Me atrevería a decir que, en cierto sentido, yo protagonicé el término de la guerra.

—¿A qué te refieres?

Quirán suspiró.

—O Selene ocultó demasiado bien mi identidad, o mis hermanos pequeños nacieron sin el instinto de la curiosidad… ¿Cuál es la versión oficial del fin de la guerra?

—Un espíritu de atalaya que conocí me contó que Helios y ella llegaron a una tregua. Los animales y los humanos se lo solicitaron, ya que estaban sufriendo.

—Bien. No conoces la personalidad de la Luna, Robin, sus gestos o su voz. Aunque la has visto actuar a través de la muerte y la fobia. ¿Sabes por qué es difícil imaginarla dejándose influenciar de esa forma tan sencilla? Porque eso jamás ocurrió. —Quirán movió los ojos hacia Mutatis—. Helios se enteró de que estaba embarazada de ti. Esa fue la verdadera razón.

El lobo se quedó petrificado. Robin supuso que desconocía esa información.

—En esos tiempos, tú no habías nacido… Dudé de mis sentidos cuando, mientras comía arropada junto a mi fogata, percibí el olor de Selene y Helios mezclados. Mi sorpresa aumentó al verte acompañado de una humana.

—Pensé que había nacido después de la guerra.

—No, fue durante.

—Entonces me mintió. ¿Por qué mentiría en algo tan trivial?

—Por aquel entonces no lo era. Selene peleaba junto a las tropas lunares, en la vanguardia. Hasta avanzada la guerra nadie supo que debía nutrir a un satélite, porque ocultó su embarazo. Yo, como la hija menor, era muy pequeña para pelear, si bien en ese tiempo dominaba la espada. Aun así, Selene me llevó al campo de batalla. «Te pueden capturar», me decía. Estaba tan temerosa de los demás, que marginó de sus servicios a todo satélite del cual desconfiara, es decir, a todos menos a la familia. Un día, tras una larga jornada, la ayudé a desprenderse de su armadura y lavar su cuerpo. Como no tenía permitido ir al campo, cumplí la labor que antes hacía su criada. Mientras me entregaba su yelmo, se quejó de dolor. En ese instante, Mutatis, te sentí por primera vez. Fue sutil, como el olor que desprende una gota de sangre, pero suficiente para distinguir a Selene y Helios en ella. En cosa de segundos, todo encajó dentro de mi cabeza.

—¿Qué tenía que encajar? —preguntó Robin.

—Muchas cosas. La Guerra Astral comenzó luego de la ruptura entre Helios y Selene. La vimos destruida cuando él se marchó con Adara. Se negó a salir de la mansión durante días, y no era para menos: ninguna de sus relaciones se había perpetuado tanto. Además, la nueva pareja de Helios estaba embarazada. Sin embargo, al poco tiempo, apareció una Selene renovada, radiante. Emanaba una energía incansable, su piel lucía más brillante que nunca, su mente era más ágil y se veía con el ánimo despierto. Pensábamos que estaba recuperada.

—¿Quieres decir que esa energía provenía de mí? —consultó el lobo.

Quirán asintió.

—Cuando lo descubrí, se me cayó el yelmo de las manos. Seguramente ella pensó que me preocupaba su dolor, pues aclaró que no la habían herido. «Estás embarazada», le dije. No era una pregunta, ella lo notó. Esa noche discutimos como dos enemigas. Ese poder no le pertenecía, estaba drenando tus energías en plena gestación. Podías terminar convertido en una masa sin forma, sin poderes o consciencia. Estarías muerto en vida. Pero ella quería continuar, su honra era más grande. No soportaba que Selene, la encarnación de la Luna, el satélite más hermoso del sistema solar, fuera abandonada por una simple doncella. Sentía que Helios se había burlado de ella, el hijo de Adara era la mancha que lo probaba. Invalidaba mi punto de vista diciendo que nunca había vivido lo complejo que era sentir amor, por eso mis tíos y hermanos, con más experiencia en la vida, la apoyaban. Con el avance de la batalla, sin embargo, entendí que mis tíos barajaban otras motivaciones. La guerra les daba el pretexto perfecto para expandir sus potestades en los territorios estelares, mientras que nuestros hermanos mayores estaban bajo la coerción de Selene y nuestros tíos.

»Me vi obligada a hacer público su embarazo. No podía convertirme en su cómplice, menos por un despecho pasajero. Esperaba que alguien actuara como yo, pero me encontré con una muralla de rechazo. Todos mis tíos apoyaron los caprichos vengativos de Selene, confabularon en su favor y ocultaron el embarazo.

Mutatis se levantó de sus cuartos traseros y se alejó de la fogata con pasos erráticos.

—Cuéntanos más —dijo él, luego de un rato.

Robin advirtió un matiz quebradizo en su tono de voz.

—¿Estás bien?

—No, pero estoy acostumbrado. ¿Qué ocurrió después?

Quirán, mirándolo desde la fogata, le dijo:

—Primero vuelve al fuego. Hace más frío que de costumbre.

—¿Qué importa si estoy aquí o allá? —debatió Mutatis, alterado—. Puedo escuchar igual de claro que Selene es incluso peor de lo que imaginaba en ambos lados.

Robin se levantó, caminó hasta él y lo abrazó. Sus músculos estaban rígidos, su corazón latía fuerte y rápido.

—Recuerda que estoy contigo. No me hagas a un lado. —Lo acarició hasta que, poco a poco, su respiración se relajó—. ¿Mejor?

—Sí.

Con esto, volvieron al fuego.

—¿Qué ocurrió después?

—Me metí en el campo de batalla. Lo tenía prohibido, pero desde el momento en que supe del embarazo, Selene perdió mi respeto. Me vestí con una armadura plateada y me infiltré en las tropas lunares. Cuando el ejército plateado estuvo lo suficientemente mezclado con el dorado, cambié mi armadura por la de una estrella caída y me mezclé con su gente. Tuve que crearme una identidad falsa y usar un hechizo de hielo para que mi olor a Selene no me delatara. Me conocieron como Miranda, un satélite de aspecto muy joven, proveniente de la constelación de Libra. Las tácticas de batalla apremiaban con más fuerza, de modo que no necesité profundizar mucho más en mi mentira. Poco a poco, con mis habilidades de hielo y mi precoz destreza con la espada, logré hacerme una reputación de guerrera. Tuve hasta un destacamento propio. Me valí de mis logros en el liderazgo para solicitar una reunión ante Helios. Él, por supuesto, no peleaba. Solo se ocupaba de la estrategia.

Robin, en ese instante, comenzó a sentir un dolor de cabeza que palpitaba en sus sienes, quizá provocado por el humo que entraba a sus ojos o por la excesiva exposición al calor. Con todo, era una sensación soportable, podía esperar. Al fin comenzaba a entender la envergadura de su presencia en el Imperio de la Luna, el peso que tenía en esa tensa relación.

—Helios me recibió con el respeto que merecía una guerrera de mi calaña. Tras las formalidades iniciales, lo felicité porque sería padre. Él sonrió, suponiendo que me refería a Adara. Sin embargo, aclaré que lo sería no solo por parte de ella, y pese al color oro de su piel, quedó blanco de la impresión. «Me llamo Quirán», dije, y me reconoció. «Necesito que acabes con la guerra, antes de que mi nuevo hermano sea consumido por Selene». «Entonces tendremos que adoptar una estrategia más agresiva», dijo Helios. El cambio de bando me abrió los ojos. Las armaduras doradas estaban más capacitadas para ganar: tenían más soldados, más recursos y mejor organización. Habían levantado una ofensiva como reacción ante el ataque de los satélites, no por voluntad propia. Si no los sometían, era solo por las órdenes expresas del jefe de familia.

»Helios y yo unimos nuestros conocimientos e hilamos un plan para infiltrarnos en la mansión y obligar a Selene a acordar una rendición. El plan, por supuesto, funcionó. Dejamos inconscientes a los centinelas de la mansión y capturamos a varios de mis primos y hermanos; se mezclaban con el ejército, pero yo los encontraba porque apestaban a familia. Con esto dejamos en claro la supremacía de Helios. Además, difundí la noticia de que la Luna estaba drenando la energía de su hijo para ganar la guerra. Al final, por motivos tácticos y morales, firmaron la tregua. Devolvimos sus hijos a Selene, mientras que mis primos quedaron en poder de Helios, como garantía de buena fe.

—Rehenes, básicamente —dijo Mutatis.

—Era necesario. La estrategia cumplía un doble efecto: nuestros tíos acataban el contrato y vigilaban su embarazo, procurando que ella obedeciera. Debieron hacerlo bien, porque llegaste a buen término.

—Eso creo.

«Ahora entiendo por qué la desterró», pensó esbozando una leve sonrisa en honor a los hermanos.

—¿Tienes poderes, Mutatis? ¿Habilidad con el agua, el hielo, la niebla? ¿Quizá olfato etéreo, como yo?

—Nunca pude conectarme con los elementos y siento los olores igual que cualquier lobo.

—Es lo que me temía. Selene arrancó la energía donde estaban contenidos tus poderes.

—No todos, tiene uno —corrigió Robin—. Es capaz de regenerarse, hasta sus heridas más graves sanan en cuestión de horas. Muéstrale.

El lobo raspó una de las cataplasmas, endurecida debido al calor y la sequedad de su pelaje, revelando una piel sin costra.

—Un nuevo poder en la familia —opinó Quirán.

—Lo dudo. Mientras explicabas cómo fui gestado, pienso que efectivamente nací sin poderes. Quizá mi embrión encontró en regenerarse la única forma de sobrevivir.

—No lo había pensado de esa manera.

Tras un silencio, Mutatis contempló a su alrededor y notó el talante compungido de Robin.

—¿Estás bien?

—No realmente.

—¿Qué pasa?

El dolor se hizo insoportable, como si le clavaran agujas en las sienes. Su vista se pobló de nubes. Los hijos de la Luna se convirtieron en manchas, lo único que distinguía era la luz oscilante y débil de la fogata, cada vez más borrosa.

Capítulo VII

Robin caminaba rumbo a su casa vistiendo una blusa blanca, una falda de pliegues, y llevando una mochila a la espalda. La tarde sofocaba, pese al cielo nublado. Después de su primer día de clases, lamentaba no estar disfrutando del fin del verano en la playa, aunque agradecía el reencuentro con sus amigos. Tenía catorce años.

Se detuvo frente al portón, abrió la mochila y buscó las llaves de la casa. Del otro lado, su abuela abrió la puerta mirándola con una expresión inusual.

—¿Qué ocurre? —dijo ella, antes de saludar.

—Tu mamá está en la cocina, esperándote.

Aunque era muy pequeña para recordar el proceso de divorcio, Robin había acumulado una gélida ira hacia Laura Escamilla. Por aquel entonces, su madre biológica trabajaba en una oficina inmobiliaria, asistiendo a los futuros compradores durante el proceso. En cierto sentido, era la intermediaria entre las personas y el sueño de la casa propia. Compartía el espacio con otros dos vendedores, Bárbara y Marcos. Bárbara, a diferencia de ella, trabajaba tiempo completo y manejaba más clientes; entre tantas citas y relleno de planillas, no le quedaba mucho espacio para socializar. Marcos, en tanto, se sentaba en el cubículo contiguo. Si perdía el lápiz o necesitaba el timbre de la empresa, recurría a ella para solucionarlo, y cuando no estaba atendiendo clientes, le preguntaba cualquier nimiedad para iniciar una charla.

La atracción entre Laura y Marcos maduró en un amorío furtivo. Ella inventó turnos y horas extras para justificar con Jorge, su esposo, los frecuentes retrasos. Con el tiempo,

Marcos y ella se enamoraron y su mundo emocional se enredó en un sinfín de ideas. No sabía quién era su pareja, su verdadero amante. Laura consideraba que había descubierto a alguien emocionante que la abstraía con facilidad de su monotonía; esa satisfacción valía la pena. Sin embargo, tal sentimiento solo lo experimentaba durante las horas que pasaban juntos; al volver a casa, la culpa susurraba en su oído. Veía a su hija jugando en la habitación, a su esposo leyendo en la cocina y se preguntaba por qué hacía daño a su matrimonio, por qué intentaba jugar a la familia feliz y por qué movía los hilos de las marionetas si, tras bambalinas, besaba labios ajenos.

Un día, cruzó la puerta de la inmobiliaria una pareja joven. Luego de hablarles sobre el sector, los metros cuadrados y las especificaciones del proyecto, los condujo a la vivienda piloto. La pareja se mostró complacida con la amplitud de las ventanas y los dormitorios, de modo que acordaron tramitar la venta. Laura preparó los documentos que debían firmar y se los entregó. La mujer leyó, apuntó uno de los párrafos con el dedo y manifestó sus dudas, pues el pie bancario no coincidía con lo mencionado en los folletos. Laura recalculó el monto y llegó al mismo resultado impreso en la hoja. Tuvo que decir, ante el disgusto de la pareja:

—Si no les convence el contrato, existen otras opciones.

Esta situación, en apariencia insignificante, destrabó algo en su mente, como si en ese instante un engranaje oxidado por el desuso girara otra vez. ¿Qué sentido tenía mantener vigente un matrimonio cuyas cláusulas no acataba? ¿Por qué mentir, si podía encauzar su vida por el camino que su cuerpo gritaba? Miró en el cubículo adyacente la silla vacía y disponible de Marcos, y lo interpretó como una señal.

Jorge y ella firmaron el divorcio por mutuo acuerdo. Le confesó la existencia de Marcos y la relación que mantenían desde hacía más de un año. «Necesito hacer lo correcto», afirmó. Sentía gran cariño por su esposo y jamás dejaría de ser el padre de su hija, pero no lo amaba. En algún momento, se dio cuenta de que compartían el mismo techo entregados a los devenires de una costumbre erosionada por el tiempo, de la cual solo quedaban cenizas de nostalgia. Sus experiencias se habían disgregado y creyó ver un motivo de peso cuando él no advirtió un claro síntoma del distanciamiento.

Robin dejó su mochila sobre el sofá de la sala de estar y entró a la cocina. Su madre estaba sentada a la mesa, con el largo cabello amarrado en una coleta. Al verla llegar, su rostro se iluminó de forma incomprensible. Se levantó para saludarla con un beso, pero Robin solo acercó su mano. Laura la estrechó y volvió a su asiento.

—Esperaba hablar contigo.

—Tengo tarea por hacer.

—¿Te ayudo?

«Es lo último que querría en el mundo», habría querido contestar. La pregunta daba pie para vomitarle encima la rabia acumulada desde que había tenido consciencia para comprender el concepto de abandono. Miró de soslayo a su abuela, apostada en el marco de la puerta.

—No es necesario —dijo la niña.

En algún momento, su padre se había visto obligado a demandar a Laura por concepto de pensión alimenticia. No lo había necesitado desde el divorcio, ya que su sueldo bastaba para cubrir las necesidades del hogar. No obstante, estaba cesante desde hacía dos meses, las ofertas laborales privilegiaban a personas más jóvenes que él y las deudas apremiaban. Robin había prometido ante él y su abuela que trataría a Laura con cortesía, aunque en ese momento deseaba expulsarla de la cocina, echarla a grito limpio por el descaro de aparecerse. ¿Cuál era la necesidad de ir a hurgar en la herida? Robin la veía bastante bien en sus fotos de Internet, con su nueva casa, su nuevo esposo, su hija de diez años…

Hubo un silencio incómodo. Su madre movía la boca, como si masticara una frase.

—Las dejaré solas —dijo la abuela.

—Quédate, por favor —replicó Robin.

La mujer ocupó un asiento entre madre e hija. Con ella a su lado, Robin supuso que acallaría las verdades que se guardaba, su presencia de Pepe Grillo le recordaría cómo tomar las riendas de la situación.

—Traje berlines horneados para las once —dijo Laura, iniciando una conversación trivial sobre los gustos de Robin.

Mientras comían, la niña pensó que una actitud así solo demostraba la cobardía de su madre. Después de tantos años, era eso lo primero que se le ocurría poner en la palestra. Trataba de sonreír ante las frases que salían de su boca, asentía con cada palabra. Hasta la mínima expresión de trivialidad se transformaba con la desesperación en un intento de forjar un vínculo fatuo; aquello resultaba insoportable. De no estar su abuela presente, Robin habría abandonado la cocina. Por muchos chistes que su madre hiciera, la risa no emergía, así que se limitaba a afirmar con la cabeza para crear la ilusión de que existía un interlocutor presente.

Al caer la noche, Robin se despidió de su madre con un apretón de manos tan seco como el primero. La abuela, condescendiente, la acompañó hasta la puerta. Después de evitarla de forma sistemática, Robin se levantó apenas desapareció por el dintel, cruzó el pasillo y cerró la puerta de su dormitorio con un portazo. Tenía ganas de llorar, pero no entendía la razón. ¿Por qué lágrimas, si en verdad sentía rabia, una impotencia recurrente? Recordaba las fotos que viera en Internet, las poses de familia feliz demostraban que Laura podía entregar cariño, afecto y seguridad. No había sido capaz de compartirse, en resumidas cuentas. Envidiaba a su media hermana, Alicia, pues gozaba de la madre que ella rechazaba y anhelaba a la vez.

Atribulada por las contradicciones, Robin se ensañó con la cama. Cerró sus puños y golpeó el colchón muchas veces, hasta que el cansancio apaciguó sus ánimos.

Su abuela golpeó la puerta. Al entrar, encontró a la niña con los ojos hinchados.

—¿Estás bien? —dijo, estrechándola con un abrazo.

Robin no contestó. Se aferró a la contención que la anciana representaba y cerró los ojos.

Escuchó una voz masculina y lejana que susurraba: «Robin… Robin…». Apartó la cabeza del hombro de su abuela y miró las paredes de la habitación, buscando el origen del sonido.

—¿Estás bien? —preguntó ella, frunciendo el ceño.

Un olor a quemado, débil como el incienso, le dio mala espina. Sin percatarse, su cuerpo sufrió un espasmo y se descubrió en una cueva, tendida sobre el suelo liso y frío de piedra, envuelta en una oscuridad cerrada. Mutatis y Quirán estaban a su lado.

—¿Estás bien? —preguntó él con tono ávido.

—He recuperado los recuerdos sobre mi madre.

—¿Y, qué tal?

—Falleció…

Robin recordó que la promesa de no faltar el respeto a su madre se quebrantó un par de años después, cuando en una ocasión se creyó con la autoridad suficiente para opinar sobre su vida sentimental. Le gustaba un chico que tenía diecinueve, había salido del liceo y trabajaba de reponedor en un almacén. Laura manifestó su disgusto y ella le respondió, aunque no con la misma vehemencia de los catorce años. Tras dos años de visitas, había aprendido a apreciarla, era una voz más a considerar. Sin embargo, se hizo novia del chico; su nombre era Max. Solía visitarla en su casa durante la tarde, después de cumplir su jornada laboral, dada la cercanía entre ambos lugares.

Una de las primeras cosas que llamó la atención de Robin, con respecto a su atractivo, fueron sus brazos gruesos. En tono de broma, le preguntó si reponiendo había forjado tanto músculo. Él, en cambio, respondió que practicaba boxeo con un saco especial que colgaba en el patio de su casa.

—¿Con guantes y todo?

—Sí, como en las películas.

Aquella confesión intrigó a la adolescente. Por eso, cuando Max la invitó a su casa, solicitó visitar el patio.

—¿Puedo intentarlo? —preguntó, mirando el cilindro rojo.

Como era una demostración, Max se saltó la parte del vendaje, la ayudó a ajustarse los guantes en las manos y la instruyó en cómo debía realizar el giro de muñeca para golpear bien en el saco de arena. Ella imitó sus movimientos pausados, usando los enormes guantes.

—Se le suele llamar saco de arena —dijo Max para hacerse el interesante—, pero solo una parte menor está rellena de eso.

De lo contrario, todo el mundo se molería los dedos y este madero no aguantaría el peso —rio—. Casi todo es algodón.

Robin dio el primer golpe con la mano izquierda y el segundo con la derecha. Al recibir la aprobación de Max, continuó golpeando. Durante un momento, se abstrajo del mundo. La realidad se limitó al saco de arena y ella. Se concentró en golpear en el centro con ritmos constantes, notó que la relajaba, despejaba su mente de las opiniones que tenían Laura y su abuela sobre la relación. Recordó las muchas veces que había golpeado su cama cada vez que le ganaba la frustración, y cómo tras ello dormía mejor. Como Max practicaba desde hacía tiempo, quiso conocer su opinión al respecto.

—Es lo que ocurre con cualquier deporte. Mientras practicas, no eres más que tú con tu cuerpo. No existen cosas como pasado o futuro.

Su relación con Max solo duró seis meses, pero la curiosidad hacia el deporte, y en particular el boxeo, permaneció. Muchos años después, cuando tuvo el dinero para costearlo, se inscribió en un taller semanal de artes marciales. Su habilidad añejada con el saco se complementó con ejercicios de respiración táctica y coreografías complejas que coordinaban brazos y piernas sin perder el centro de gravedad. Asistir al dojo se hizo un hábito, poco a poco sus músculos se marcaron, hasta que su figura, más bien promedio, se tornó maciza.

Durante aquella época, Laura comenzó a sentir dolores en el vientre tan intensos que le impedían dormir. Los exámenes detectaron una masa inoperable en su páncreas: cáncer. Tres meses después de la sentencia médica, se celebró el funeral. Robin llegó a la casa de Marcos, el viudo, con una corona de flores y lágrimas en los ojos. Vio a los compañeros y amigos de Laura, su abuela, su padre, y en el fondo, alejada de los demás, a su media hermana. Era quien más sufría del grupo. Se dejaba ver poco en la congregación de dolientes, la tristeza ardía en sus ojos y rogaba por derramarse. Robin, la hermana marginada de su vida, fue el gran apoyo de Alicia, quien con dieciocho era solo cuatro años menor, así que la percibía como alguien confiable. Robin, por su parte, había reemplazado la envidia por aprecio.

—Todo el tiempo siento ganas de llorar. A veces, me falta el aire. ¿Cómo lidias con eso?

—Nuestras tristezas no son las mismas, creo.

—Las dos perdimos a nuestra madre.

—Fue más madre tuya que mía.

—¿Y eso hace que no sientas la pérdida?

—Claro que la siento, no soy una piedra. Pero tú vivías bajo su mismo techo. Ahora las cosas serán distintas para ambas.

—¿Cómo lidias con eso?

—Me recuerdo que seguiré acompañada, tengo a mi papá y mi abuela.

—Trato de ponerlo en perspectiva, pero es tan difícil.

—A medida que maduras, se vuelve más fácil. Tu duelo no es el mismo que el de tu papá o el mío. Debemos apoyarnos entre todos, perdimos a la misma persona. Vívelo como puedas. Nadie te juzgará.

Más allá de lo recordado dentro de la cueva, Robin se sintió impactada al reconocerse en esas imágenes. Por instantes se paralizaba, tratando de evaluar un punto de acción en medio de esta luminosa oscuridad mental.

—Tenemos que llegar al imperio. Necesito ser quien soy de una vez por todas —dijo con tono resuelto.

Quirán los condujo a través de la cueva precedida por la luz de una antorcha. No podían usar la apertura a través de la cual se ventilaba el fuego, la inclinación convertía la montaña en un precipicio en esa zona. Se adentraron hacia una de las bifurcaciones, y tras minutos de caminata, Quirán se detuvo junto a una grieta en la piedra.

—Esta es la salida. Ha llegado el adiós.

—Muchas gracias, Quirán —dijo Robin.

—Suerte, humana. Espero que llegues al fondo del asunto. Mutatis, me alegra haberte conocido. Si quieres visitarme más seguido, no me moveré de aquí.

El lobo, con un gesto similar a una sonrisa, asintió.

Capítulo VIII

Desde la cima de la montaña, no había muralla, árbol o cueva que eclipsara la belleza de la noche. Las estrellas titilaban en escalas de rojos y violetas, tiñendo el cielo de un tono ambiguo. El horizonte se cerraba ante ellos como un anillo gigante, limpio de obstáculos. Los pulmones de Robin se despejaron tras una bocanada de naturaleza. El ulular de un búho hizo eco desde un sitio recóndito, maravillándola con su canto repentino. La ladera oriental decaía hacia un bosque de pinos, tan fértil como el Bosque de Lobos. Los troncos se componían de capas marrones y sus ramas se entregaban, blandas y verdes, al mecer de la brisa.

Mutatis chocó de nariz contra una fuerza invisible que le cortó el paso. Sacudió la cabeza para espabilarse del golpe y, contemplando la grandeza del territorio, sonrió con expresión funesta.

—La puerta etérea. Hemos llegado.

Robin se agachó y lo abrazó. Necesitaba acariciar su pelaje, sentir su corazón antes de la despedida. Más allá de sus motivaciones, estaba en deuda con él. Había recibido cuantiosos daños por su culpa, partiendo por el garrotazo en la mandíbula. Desde el principio estuvo consciente de que, llegado el momento, debían tomar rumbos opuestos. En ese momento, durante pleno abrazo, se rehusaba a soltarlo.

—Te guardaré en mi corazón por siempre, Mutatis. Jamás te olvidaré.

—Tampoco te olvidaré, Robin.

Sus lágrimas dibujaron una curva sobre sus mejillas.

—¿Qué harás al bajar la montaña? —preguntó ella, cuando recuperó el temple.

—No bajaré. Me ocultaré en la cueva de Quirán.

—Ah, ¿sí?

—Lo conversamos mientras estabas desmayada. Esperaremos juntos el fin de la guerra.

Robin recordó su papel en aquel desenlace y su cuerpo se tensó.

—Tengo que agradecértelo. Si no me hubieras golpeado, nunca habría descubierto la existencia de Quirán.

Ambos rieron.

—Te extrañaré, Robin. Mucho.

—Yo también, Mutatis.

El lobo esperó que cruzara el portal etéreo antes de marcharse. La mujer le dedicó una sonrisa temblorosa y él, correspondiendo, se alejó en sentido contrario.

La pendiente era un amasijo de barro, conos de árboles y trozos de madera seca. Para no resbalar, Robin se colgó a la rama de un árbol y se balanceó hasta desprenderla. Usándola como puntal, prevendría el peligro. Avanzó un tramo largo gracias a su nueva herramienta, hasta divisar una luz blanca, lejana, moviéndose a ras de suelo. Otras luces más pequeñas, verdes, amarillas y naranjas, pululaban a su alrededor. «Luciérnagas», pensó tras oír los zumbidos. Sumergida en la densidad del bosque, los insectos se agruparon en línea recta, formando un camino que descendía siguiendo la ladera.

La luz blanca se proyectó en todas direcciones. Robin, cegada por su intensidad, cerró los ojos. Cuando los abrió, estaba inmersa en otra realidad, una radicalmente distinta a la oscuridad infinita. Una pradera verde y fértil que recordaba a la primavera se extendía hasta el horizonte, mientras un sendero de lirios amarillos se alejaba hacia una arboleda. La suave brisa olía a polen y, sobre un cielo despejado, el calor del sol regalaba sus rayos como un bálsamo vigorizante. Las luciérnagas se habían transformado en mariposas de colores, con detalles fractales negros de gran belleza.

«Lo logré, Mutatis: el Imperio del Sol», pensó, avanzando a través de los lirios.

Una arboleda crecía en medio de la llanura. Los manzanos amparaban con sus copas abultadas a los gorriones sedientos de sombra. Muchos pájaros gorjeaban desde sus nidos, otros picoteaban las manzanas caídas, pero ninguno se alejaba demasiado, como si estuvieran apresados por un verde magnetismo.

Destacaba un árbol de frutos amarillos, hojas puntiagudas y raíces gruesas como serpientes petrificadas. Al aproximarse, Robin descubrió que en su corteza habían tallado el rostro de un búho. Sus ojos estaban cerrados, el pico terminaba en punta y justo sobre la cabeza sobresalían dos trozos de corteza, simulando sus orejas. La textura del tronco confería un aire de vida. Robin pinceló el contorno de sus rasgos con los dedos, y enseguida percibió un aleteo acelerado. Un pequeño gorrión apareció con inusitada rapidez y picoteó su mano.

—¡No molestes a Madre! Está durmiendo —increpó el ave revoloteando a la altura de su cara. Parecía incapaz de quedarse quieto. Su plumaje era plomizo, pero en su diminuta cabeza se advertían tonos rojizos y negruzcos.

—Podrías haberlo dicho sin atacarme —replicó masajeándose la mano.

—Era absolutamente necesario.

El árbol se despertó. Abrió unos ojos redondos de tono amarillo que recordaban a Mutatis. Las dos salientes se movieron mientras el búho parpadeaba.

—¿Qué ocurre?

El gorrión se interpuso entre Robin y el árbol.

—Madre, esta humana vino a despertarte. Le dije que no lo hiciera.

—Está bien, hijo —respondió en tono afable.

El gorrión le lanzó una última mirada de furia y se marchó.

—No fue mi intención.

—No importa. ¿Cómo te llamas, humana?

—Robin.

—Un gusto, Robin. Mi nombre es Apocalipto. ¿Qué te trae por aquí?

«Necesito encontrar la mansión de Helios. Su espía recién llegada debe comunicarle un mensaje que sigue sin recordar», dijo para sí.

—Estoy buscando mi casa, pero no reconozco este lugar. ¿Qué dirección debo tomar para regresar a la ciudad?

—¿Estás perdida?

—Algo así.

Una de las manzanas amarillas cayó desde las alturas con un sonido seco. Los gorriones huyeron asustados.

—Cómela, es la fruta del conocimiento. Con ella, tu mente erradicará las sombras que te perturban y dejará entrar la luz y la verdad.

—No es necesario —respondió, dudosa de su repentina generosidad—. Me basta con encontrar el camino.

—La fruta despejará tus ideas.

Robin se agachó, tomó la manzana, que cabía perfecto en su mano, y se la llevó a la boca. Su sabor era agridulce, jugoso, sublime. No se parecía a nada que hubiera probado antes. Se detuvo solo cuando llegó al corazón.

—Y ahora, ¿qué?

—Debes esperar. Tardará en hacer efecto.

El camino de lirios se perdía entre los manzanos. «Siempre hacia el este», pensó. Casi le pareció oír la voz de Mutatis, la voz de Ignis aconsejándola. No había luces blancas o violetas que temer, lunas flotando en la oscuridad o plantas amarillas que despertaran suspicacia. Se adentró en la naturaleza a través de los lirios. Las copas otorgaban una sombra templada, mientras el rumor de las hojas borraba toda negatividad. «Después de lo que pasé, esto es el paraíso», pensó llenándose los pulmones de serenidad. Solo lamentaba no compartir el fruto de su viaje con Mutatis.

El camino de lirios se cortó abruptamente. Robin frenó al pie de dos hileras interminables de cipreses, idénticos entre sí, que fundían sus copas para crear un arco. A medida que se alejaban, los árboles se inclinaban cerrando la entrada a la luz y volviendo la ruta más oscura. En ese instante, la fruta surtió efecto…

El paisaje se descompuso en figuras geométricas, igual que el caleidoscopio experimentado junto a Mutatis. Los gorjeos se distorsionaron en frecuencias reverberantes. La realidad era un entramado de triángulos verdes, las figuras se tornaron azulinas y negras como un cielo atardecido, y luego la oscuridad informe se cerró sobre sus ojos. Un sonido grave vibró como un ronroneo, y la oscuridad tomó forma de noche.

Robin iba de copiloto en un automóvil negro. A su lado, conducía Alejandro. Su cabello, también negro, se alborotaba gracias al aire que entraba por la ventanilla. Se había arreglado la barba para la ocasión especial, las fotos de la familia que inmortalizarían la ceremonia, las corbatas y los vestidos. En ese momento, no obstante, estaba ataviado con una polera informal que se ajustaba sobre su corpulencia.

Robin miraba con placidez la vegetación silvestre que crecía a ambos lados de la carretera, con la serenidad característica de un matrimonio incipiente. Regresaban a la ciudad después de una semana veraniega dedicada por entero a su amor. Las luces del vehículo se proyectaban sobre el asfalto y las señales de tránsito. Más allá del ronroneo del motor, imperaba una oscuridad silenciosa.

—¿Habrán extrañado nuestra ausencia en el dojo? —preguntó Alejandro, sin despegar los ojos de la carretera. Su voz era idéntica a la de Mutatis.

—Siete días no son nada. He estado enferma por más tiempo.

Rio antes de inclinarse en la silla para depositar en la mejilla de Alejandro un beso estruendoso.

—Te amo —dijo él.

—Yo también.

Una camioneta blanca apareció frente de ellos, derrapando a toda velocidad por el carril equivocado. Alejandro golpeó la bocina con insistencia, bufando groserías, pero el otro conductor no prestó atención. Robin vio el terror que poco a poco se dibujaba en el rostro de su esposo, quien solo atinó a girar el volante y hundir el freno. Ella se cubrió el rostro. «Vamos a morir», se dijo.

La camioneta impactó de frente. El automóvil negro se desvió del camino y rodó cuesta abajo. El parabrisas explotó, el techo quedó deformado y las puertas se atascaron. Un árbol interrumpió la caída.

Robin quedó suspendida boca abajo, sujeta por el cinturón de seguridad. El vapor denso nubló su vista, olía a plástico quemado.

—¿Alejandro? ¿Estás bien?

Escuchó un murmullo difuso antes de que sus sentidos se desvanecieran.

Al recobrar la consciencia, sintió la fuerza de gravedad en la espalda. Estaba en movimiento, escuchaba el traqueteo de unas ruedas y una mezcla inconexa de voces. Sus ojos, muy débiles para mirar hacia arriba, se contrajeron de forma instintiva. Cuando los entreabrió, focos circulares pasaban uno tras otro sobre azulejos blancos. Advirtió a dos mujeres con delantales blancos, cofias y mascarillas tirando de ella, mirando hacia adelante. Sus oídos distinguieron el arrastre de otra camilla a su lado. Al inclinarse, reconoció a su esposo. Tenía moretones en la cabeza, el cuello y los brazos, teñía de sangre una sábana blanca.

—Es un milagro que sigan vivos —comentó una voz masculina.

—¿Dónde los encontraron?

El estruendoso sonido de las puertas dobles al abrirse ahogó la breve respuesta.

Los médicos se alistaron. Segundos después, la puerta se abrió de nuevo. Tras ella, apareció el anestesiólogo, quien miró la pantalla con los signos vitales antes de apresurarse en acomodar la mascarilla alrededor de su boca.

Robin notó el frío del plástico y el adormecimiento paulatino de sus dolores...

El caleidoscopio se fragmentó en piezas blancas, inmaculadas como la piel de Selene y el pelaje de Mortem. Robin se vio tendida en una cama de hospital, conectada a un sinfín de artefactos. Su cuerpo había perdido musculatura. Una manguera translúcida ingresaba a través de su tráquea, manteniendo su boca abierta. Sondas más delgadas se adherían a sus brazos, bajo la sábana se alojaban otras conectadas al tórax. Una pantalla negra registraba pulso, temperatura, latidos, presión arterial.

Alejandro, sentado junto a ella, estrechaba su mano y lloraba.

Advirtió un calendario colgado junto a la puerta de salida. Cada día, desde el 1º hasta el 25 de noviembre, estaba marcado con una equis roja. Entonces, los recuerdos de su vida se unificaron en una oscura perspectiva.

Los tonos blancos de la habitación se fragmentaron de pronto en una vorágine de triángulos negros. Se vio despertando en un lugar polvoriento, oscuro, en mitad de una noche cerrada. Charlaba con las llamas de un fuego, cruzaba bosques infinitos, golpeaba lobos y presenciaba derrumbes, huía de un cangrejo y escalaba una montaña. Sintió un pinchazo en el dorso de la mano, un sabor agridulce en la boca y se vio de espaldas mirando hacia un túnel.

Robin alargó el brazo, tocó su hombro, el hombro de su proyección, y los colores del caleidoscopio se reventaron como una burbuja.

—Todo es real —dijo una voz conocida.

Al girarse, se encontró de regreso en la arboleda. El búho colgado en las ramas de un manzano la miraba con sus ojos grandes, redondos, que parecían traspasar su alma.

—¿Estoy en coma?

Apocalipto asintió.

Sus piernas temblaron y la respiración se le atragantó. Tuvo que sentarse en el pasto para no desfallecer. Un aluvión de emociones contradictorias se revolvía en su interior, anudándole la garganta, el pecho y el estómago.

—Esa no soy yo. Decía claramente noviembre, no enero...

—Todo es real.

—¡Pero estoy viva! No estoy allá. Siento mi corazón latir, la sangre correr por mis venas. Estoy hablando contigo. ¿Esto es mentira acaso?

—No lo es. El imperio existe, yo también. En tu mente.

Sus ojos se cuajaron de lágrimas. Pensó en el accidente, en su esposo, y golpeó el suelo con los puños.

—No puede ser. ¡No!

Necesitaba abrazar a Alejandro, sentir la calidez de su cuerpo. Combatir con él en el dojo, desprendiéndose de la tensión de la rutina. Necesitaba arrancarlo de esa sala de hospital y besarle la boca. Necesitaba decirle que estaba viva y no tardaría en volver. Debía saber que pronto reanudarían sus proyectos de comprar una casa común y tener un hijo; si eran afortunados, tendría una niña.

La impotencia la impulsó a levantarse de súbito.

—¿Qué debo hacer para despertar? Responde.

—No puedes. Hace meses que no depende de ti.

—Haré todo cuanto esté a mi alcance. No imaginas las cosas que he pasado para llegar hasta aquí, todas las personas a las que olvidé...

—Lo sé todo, Robin. Soy el árbol del conocimiento, la parte de ti que te conecta con tu raciocinio. La realidad es cruel. Aunque no quieras aceptarlo, la vida abandonó tu cuerpo. Tu mente es la única que sobrevive.

—¡Pero necesito volver! Alejandro está sufriendo por mi culpa. Me visita con la esperanza de que algún día me levante.

—No puedes. Es la única verdad que importa.

Se rehusaba a asimilarlo. El pasado y el presente se rozaban como dos telas del mismo material, cosidas por el hilo de sus recuerdos. La habitación de hospital era tan palpable, tan cercana a sus sentidos, que debía existir una forma de soslayarla. Era la única rama a la que podía aferrarse en esa montaña gris. Si la soltaba, significaba admitir la derrota. Aceptar que no probaría los caldos de su abuela, viajaría al campo con su padre, conversaría hasta la madrugada con su hermana o besaría los labios de Alejandro.

—Tu misión en el imperio no es regresar. Es otra.

Levantó la vista.

—¿Cuál?

—Cruzar el túnel. Despedirte de tu mente para que tu cuerpo muera y Alejandro continúe con su vida.

—Debe existir otra manera…

—Él siente tantas esperanzas como tú. Piensa que acompañándote día a día abrirás los ojos, pero esta quimera lo está enfermando. Tu misión es liberarlo.

—¡Cállate!

Robin cubrió sus oídos y se alejó de Apocalipto, los cipreses y el camino de flores. Necesitaba despejar su cabeza de espejismos y emociones que la desequilibraran antes de barajar soluciones. A su mente acudió un reportaje televisivo donde entrevistaban a tres personas que habían atravesado el estado de coma. Les preguntaban si tenían noción de la realidad durante el proceso, cómo habían ejercitado sus músculos para incorporarse a sus vidas cotidianas y el sentido profundo que conferían a aquella experiencia. Si bien no recordaba con claridad, uno de los entrevistados mencionaba un túnel. «Si él logró salir del imperio, ¿por qué yo no?», se dijo.

Se encontró frente a un manzano colmado de frutas rojas. Muchas se habían desprendido de sus ramas y se dispersaban alrededor de las raíces como una alfombra circular. Robin cogió la más grande, de un aroma agridulce similar a la manzana de Apocalipto, y la comió. Unos instantes más tarde, el efecto se fragmentó en triángulos grises. El calendario marcaba el 27 de noviembre. La habitación estaba casi en penumbra. Una mujer de blanco, enfermera, tomaba nota de los números del monitor. La máquina, tras cada latido, emitía un sonido, al tiempo que en la pantalla se dibujaba una perturbación. Cumplida su tarea, la mujer colgaba el expediente y se marchaba… y Robin se vio de regreso en la arboleda. La experiencia distaba de la sentida con la manzana amarilla. Era más vívida, estimulante y fugaz al mismo tiempo.

Había experimentado tanta distancia con respecto al imperio, tan próxima a su cuerpo inerte, que tomó otra manzana del pasto, se la llevó a la boca y la devoró en cuestión de segundos. La sala de hospital volvió a aparecer, el calendario marcaba el mismo día. No había enfermera que interrumpiese el silencio, solo la maquinaria conectada a su cuerpo.

Cada vez que su mente regresaba del hospital, un vacío ardía dentro de su estómago, una fatiga gradual, como un deseo irrefrenable que solo se llenaba con el sabor agridulce de las frutas del conocimiento. Se sentó al pie del árbol, cogió otra manzana y comió, aunque una sección estaba podrida. Era 28 de noviembre. Su esposo ingresó a la habitación con la ayuda de un bastón negro para compensar la flaqueza de su pierna derecha. No se había afeitado y usaba la misma ropa que notó el día 25. Alejandro se sentó junto a la camilla, estrechó sus manos y la contempló en silencio. Robin se preguntó qué estaría cruzando su mente en ese instante, cuando el efecto de la fruta volvió a difuminarse.

Apocalipto la encontró rodeada de corazones de fruta, apoyando la espalda en el tronco de un manzano. Tenía una a medio terminar en la mano y lágrimas secas en las mejillas. Deliraba con los ojos en blanco, susurrando el nombre de Alejandro. El búho agitó sus alas y ella, debido al estruendo, se asustó.

—¿Cuánto tiempo has estado así?

Se limpió la boca con el dorso de la mano.

—¿Cómo voy a saberlo? En este lugar nunca se pone el sol.

—Debes parar. No te está haciendo bien.

—Estoy progresando. Me enteré de cosas que pasaron después del accidente.

—Te estás revolcando en la fantasía. Masticas y masticas una realidad que no te pertenece.

—¡Claro que me pertenece! Puedo oírlo. Alejandro me habla.

—Las manzanas te han hecho creer que sí, pero no. ¿Podrías escucharlo sin ellas? ¿Sientes su mano cuando te toca en el hospital? ¿O los conductos que entran a tu cuerpo?

Robin calló.

—Cuando comprendas tus limitaciones, estaré esperándote. —Apocalipto alzó el vuelo y desapareció.

La mujer, en un instante de lucidez, miró a su alrededor. El terreno se había convertido en un cementerio de corontas, las moscas entonaban una elegía de zumbidos. Entre ellas, solo distinguió una manzana negra devorada en partes iguales por moscas y gusanos. Aquel árbol se había convertido en su camilla, eligió alimentarse con un suero agridulce que se pudría tan rápido como ella. Pensó en la luz aséptica del hospital, el blanco de las sábanas, el pelaje siniestro de Mortem. Los hilos de su historia confluyeron en uno. Entendía la lucha entre el blanco y el negro, la chispa de Ignis, el mutismo de Fobos. La inercia cayó como un velo y Robin, con paso resuelto, siguió los rayos de luz hasta encontrarse con las hileras de cipreses. Apocalipto, desde la copa de un manzano, la escrutó en silencio.

Se detuvo en el umbral y, recordando la mezcla difusa entre Mutatis y su esposo, proyectó su ruta a través del túnel. «Siempre hacia el este», pensó reprimiendo las lágrimas.

—Adiós, Alejandro —murmuró.

Y apretando los puños, entró.

Los cipreses se alzaban cada vez más unidos, coartando de forma progresiva la entrada de luz. En un punto dado, la penumbra fue tal que no distinguió el suelo, el tramo que había recorrido ni cuánto faltaba para llegar al otro lado. Sin embargo, en el fondo del túnel, una luz amarilla, cálida como los ojos de Mutatis, se hizo cada vez más intensa. Tan intensa como el mismísimo sol.